2024

Training

mit Original-Prüfungen

W0267258

IGS Niedersachsen

Englisch 10. Klasse

LÖSUNGEN

STARK

© 2023 Stark Verlag GmbH
4. ergänzte Auflage
www.stark-verlag.de

Inhalt

Lösungen zu den Original-Prüfungsaufgaben

Lösungen zu den Abschlussarbeiten 2023 .... www.stark-verlag.de/mystark

Sobald die Original-Prüfungsaufgaben 2023 freigegeben sind, können die zugehörigen Lösungen als PDF auf der Plattform MyStark heruntergeladen werden (Zugangscode vgl. Umschlaginnenseite).

Autorinnen und Autoren der Lösungsvorschläge:

Listening:	Paul Jenkinson, Redaktion
Reading:	Paul Jenkinson, Redaktion
Mediating:	Heike Burfeind, Paul Jenkinson, Redaktion
Writing:	Heike Burfeind, Paul Jenkinson, Redaktion
Speaking:	Birte Bendrich, Paul Jenkinson, Redaktion
Abschlussarbeiten:	Birte Bendrich

Vorwort

Liebe Schülerin, lieber Schüler,

dieses Buch ist der Lösungsband zu dem Titel *Original-Prüfungen und Training Abschlussprüfung IGS 2024 – Englisch 10. Klasse – Niedersachsen* (Best.-Nr. D03950). Es enthält ausführliche und kommentierte Lösungsvorschläge zu den Aufgaben.

Die Lösungen ermöglichen es dir, deine Leistung einzuschätzen. Es handelt sich um **Lösungsvorschläge**, die dir zeigen, wie man die Aufgaben richtig und umfassend beantworten kann. Das heißt, dass – außer bei den geschlossenen Aufgaben (wie z. B. *multiple choice* und *true or false*) – auch andere Lösungen als die hier abgedruckten möglich sind. Wichtig ist, dass du die Hinweise beachtest, die in der Aufgabenstellung genannt sind, und alles **vollständig** und **richtig** bearbeitest.

Außerdem gilt: Versuche stets, die Aufgabe zunächst **selbstständig** zu lösen, und sieh nicht gleich in der Lösung nach. Wenn du nicht weiterkommst, helfen dir die mit der grauen Raute markierten **Hinweise und Tipps** zu der jeweiligen Aufgabe. Nachdem du sie gelesen hast, solltest du unbedingt selbstständig weiterarbeiten. Am Schluss solltest du deine Lösung in jedem Fall mit der hier angebotenen Lösung vergleichen und deine eigenen Ergebnisse kontrollieren und ggf. korrigieren oder ergänzen. Lies zu allen Aufgaben, die du nicht richtig lösen konntest oder bei denen du dir unsicher warst, noch einmal die allgemeinen Erläuterungen in dem entsprechenden Kapitel im Trainingsband.

Viel Spaß beim Üben und vor allem viel Erfolg in der Prüfung!

▶ Lösungen zu den Übungsaufgaben

▶ Lösungen zum Bereich „Listening“

Hinweis: In Klassenarbeiten und in der Abschlussprüfung werden dir die Hörverstehenstexte meist zweimal vorgespielt. Wenn du zu Übungszwecken pausieren oder den Text ein weiteres Mal bzw. weitere Male hören möchtest, ist das aber auch völlig in Ordnung. Versuche jedoch, mit jedem „Listening Test“ die Anzahl deiner Hörsequenzen zu reduzieren, bis du bei der in der Prüfung üblichen Zahl der Wiederholungen angekommen bist. Die Transkripte der Hörverstehenstexte findest du in Kapitel 6 des zugehörigen Trainingsbandes bei den Übungsaufgaben.
Lies dir vor dem ersten Hören immer die Aufgabenstellung und die Teilaufgaben aufmerksam durch. Achte dann beim Hören auf die gefragten Details.

Listening Test 1: Short conversations

Hinweis: Im ersten „Listening Test“ begegnen dir sieben kurze Dialoge, also Gespräche mit mehreren Sprecherinnen und Sprechern. Du sollst zu jedem Hörtext das passende Bild finden.

1. C

   Hinweis: Höre genau zu, denn alle drei Wahlmöglichkeiten werden in dem Gespräch genannt. Tom würde aber gerne nach Südafrika reisen: "A safari in South Africa sounds fun. I'll see what's on the internet about it." (Z. 6)

2. B

   Hinweis: Auch hier kommen alle drei Wahlmöglichkeiten vor. Der Mann hat einen Geldschein, den er in Kleingeld gewechselt haben möchte: "I just need some change for the ticket machine. It just takes coins […]" (Z. 3/4)

3. C

   Hinweis: Hier musst du besonders auf die Zeitangaben achten: "today it's 30 minutes late!" (Z. 4)

4. B

   Hinweis: Bei dieser Aufgabe ist es besonders wichtig, dass du dir die Bilder genau ansiehst. Bei Bild B zeigt der Pfeil auf den Fisch, bei Bild C zeigt er auf die Pommes frites. Richtig ist Antwort B: "one [seagull] flew down and stole my fish!" (Z. 6)

5. A

   Hinweis: Auch bei diesem Gespräch spielen Zahlen eine wichtige Rolle. "Most of us had a problem with number 14 ... I don't think anyone has got it right." (Z. 6/7)

6. C

   Hinweis: "Maybe she'll be happy with some pencils, felt pens and some paper." (Z. 2); "Just get her what I suggested." – "OK. Let's go into town." (Z. 8/9)

7. A

   Hinweis: In diesem Text sind die Richtungsangaben von zentraler Bedeutung: "In England, it's bad luck if it walks from right to left and <u>good luck the other way</u>." (Z. 8/9)

Listening Test 2: Short texts

Hinweis: Dieser „Listening Test" enthält zwei Monologe und vier Dialoge. Wie in Listening Test 1 sollst du auch hier zu den Texten das jeweils passende Bild auswählen. Aufgabe 3 stellt einen Sonderfall dar: Hier sollst du entscheiden, wo auf dem Stadtplan das Hotel zu finden ist.

1. C

   Hinweis: Du musst die Frage genau lesen und auch beim Hören gut aufpassen. Gefragt ist, welche Gruppe <u>als zweite</u> boarden darf: "First class, business class and adults with small children may now start to board the plane. <u>The next group of passengers</u> to get on the plane are those in Economy – rows 25 to 35." (Z. 7–9) Die richtige Lösung ist also Bild C, auf dem die Sitze der Reihen 25 bis 27 zu sehen sind.

2. A

Hinweis: Da sein Zug Verspätung hat, spricht Daniel auf den Anrufbeantworter und bittet seine Mutter, ihn vom Bahnhof in Exeter abzuholen. Falls sie es nicht schafft, wird er ein Taxi nehmen: "If you can't make it, [...] I'll then get a taxi." (Z. 6/7)

3. A

Hinweis: Sieh dir den Stadtplan genau an und verfolge die Wegbeschreibung am besten mit einem Bleistift: "Go straight ahead and turn left at the end of the road. [...] take the second road on your right. It'll take you straight to the marketplace. In the marketplace, go right. The hotel is about 50 metres further on your right but the entrance to it is just round the first corner." (Z. 4–7)

4. C

Hinweis: Tom hatte ursprünglich vor, einen ausgiebigen Strandspaziergang mit seinen Hunden zu machen. Da der Wetterbericht jedoch Regen vorhersagt, wird er nur in den Park gehen: "I was going to take the dogs for a long walk on the beach on Saturday but I won't bother now. They can have a quick run about <u>in the park</u> instead." (Z. 5–7)

5. B

Hinweis: Das Mädchen möchte eine ganz besondere Geburtstagsfeier organisieren. Sie hat vor, mit ihren fünf Gästen einen Rundflug zu machen. Da es sich jedoch um ein sehr kleines Flugzeug handelt, können nicht alle gleichzeitig mitkommen. Es gibt aber ein nettes Café am Flughafen, in dem sie auf der Terrasse warten können: "there's a small café at the airport where we can buy pizzas or sandwiches and sit outside to eat them." (Z. 6/7) Du könntest versucht sein, Antwort A auszuwählen, da das Bild einen Flughafen zeigt. Es handelt sich jedoch um einen internationalen Flughafen, auf dem kleine Flugzeuge mit nur vier Sitzen nicht starten dürfen. Die richtige Antwort ist somit Möglichkeit B.

6. B

   Hinweis: Lilly war in San Francisco im Urlaub, wo sie ihren Fotoapparat verloren hat. Sie hat ihn versehentlich auf einer Parkbank liegen lassen, als sie mit einem Taxi zurück ins Hotel gefahren ist: "[A taxi] took me back to my hotel. The next morning after breakfast I realised I'd left my camera on the bench!" (Z. 6/7) Erst am nächsten Morgen, nach dem Frühstück im Hotel, ist ihr also aufgefallen, dass die Kamera weg war.

Listening Test 3: Sharks

Hinweis: Dieser „Listening Test" ist ein Radiointerview zum Thema „Haie". Nicki, die bei einem Forschungsprojekt über diese Meeresbewohner mitgewirkt hat, beantwortet die Fragen des Moderators. Deine Aufgabe ist es, aus drei möglichen Satzenden das jeweils passende auszuwählen.

1. a – enjoy herself.

   Hinweis: "I was in my last year at school and wanted to do something different. Lots of my friends were talking about jobs and so on … <u>and I was thinking: freedom, adventure, fun</u>." (Z. 5–7)

2. b – by reading about it.

   Hinweis: "I was surfing the internet looking for things I could do when I <u>read about</u> a group of people doing a study of sharks – shark research […]" (Z. 7–9)

3. c – thought more about her decision.

   Hinweis: Auf Adams Frage "Weren't you worried about them?" (Z. 10/11) antwortet Nicki: "A little bit on the plane." (Z. 12) Aus dieser Antwort kannst du schließen, dass Nicki auf dem Flug unsicher war, ob es die richtige Entscheidung (= „decision") war, an dem Projekt mitzuarbeiten.

4. a – people and seals often look the same to them.
   Hinweis: Der folgende Satz zeigt dir, dass Haie Menschen oft mit Seehunden verwechseln: "sharks see people in wetsuits or on surfboards and they think: 'Yummy, seal for dinner.'" (Z. 16/17)
5. c – a few people die from them.
   Hinweis: "There are usually just over 80 shark attacks […] and only about five people are killed […]" (Z. 18/19)
6. c – mosquitoes.
   Hinweis: "Top of the table of bad guys are mosquitoes […]" (Z. 20/21)
7. b – about lunchtime.
   Hinweis: Im Text wird davor gewarnt, in der Dämmerung ins Meer zu gehen. Folglich ist die Mittagszeit die sicherste Zeit, wenn man keinem Hai im Wasser begegnen möchte: "Don't go into the sea in the early morning or late evening […]" (Z. 25)

Listening Test 4: The California Gold Rush

Hinweis: Hier hörst du ein Interview, in dem Paul Johnston über den Goldrausch in Kalifornien spricht. In dieser Multiple-Choice-Aufgabe sollst du zu den neun Satzanfängen das jeweils passende Satzende finden.

1. b – a settler.
   Hinweis: Ein Siedler war es, der als Erster Gold fand: "thousands traveled west to California after a settler reported finding gold there." (Z. 2/3)
2. c – a river.
   Hinweis: Während des Baus einer Sägemühle hat Mr Marshall zufällig Nuggets im American River gefunden: "Mr Marshall was building a sawmill near the American River in central California. When he looked in the water, he saw shiny pieces of metal." (Z. 4–6)
3. a – teeth marks.
   Hinweis: Man kann die Abdrücke der Backenzähne von Mr Marshall auf dem Goldstück erkennen: "And you can see Mr Marshall actually bit down on it. You can see the molar marks, his bite mark on it […]" (Z. 11/12)

4. c – travelled slowly.
   Hinweis: Im Gegensatz zu heute verbreiteten sich Nachrichten damals nur langsam: "But communication was slow in the middle of the 19th century." (Z. 17)

5. b – from stories about it.
   Hinweis: Hier musst du gut zuhören, denn du musst herausfinden, dass die Menschen an der Ostküste zuerst nur Gerüchte (AmE: „rumors") über Goldfunde in Kalifornien hörten, bevor diese dann vom damaligen amerikanischen Präsidenten vor dem Kongress bestätigt wurden. Mit den „stories" der Aufgabenstellung sind genau diese „rumors" gemeint: "People in the big eastern cities of New York and Boston heard only rumors about gold in California." (Z. 17–19)

6. b – often had wrong expectations.
   Hinweis: Die Goldsucher gingen davon aus, dass das Gold leicht zu finden war. Dass es sich um harte Arbeit handeln würde, war ihnen nicht klar: "You didn't really have to work for it, as far as they knew. You just had to lean over and pick it up and you were rich." (Z. 24/25)

7. c – had a very difficult life.
   Hinweis: Da Van Valen als Goldsucher nicht erfolgreich war, musste seine Frau, die mit ihren Töchtern in New York geblieben war, alleine für den Lebensunterhalt sorgen: "His wife tried to make a living by sewing and by borrowing money from the financiers against her husband's future profits. But it was not any easier for her than it was for her husband 3,000 miles away in California." (Z. 31–34)

8. b – did not make a lot of money.
   Hinweis: "In two years, Alexander Van Valen earned only $ 500. Most people who traveled to California to find gold were like Van Valen – they did not get rich." (Z. 35–37)

9. c – joined the USA.
   Hinweis: "The Gold Rush […] made the East Coast want California to become part of the United States." (Z. 39–41); "In 1850, California became the country's 31st state." (Z. 42)

Im Text kommt zwar auch der Satz "The Gold Rush really put California on the map." (Z. 39) vor. Das ist aber nicht wörtlich, sondern im übertragenen Sinn gemeint: Die Wendung „(to) put something on the map" bedeutet so viel wie „(to) make something famous".

Listening Test 5: Route 66

✎ *Hinweis: Der Bericht über den berühmten Highway wird von nur einer Person gesprochen. Deine Aufgabe ist es, die Tabelle mit den inhaltlich richtigen Details zu vervollständigen. Du musst also ganz genau zuhören, aber auch genau lesen.*

1. The highway is **3,900** km long.
   ✎ *Hinweis: "a 3,900 km long highway was established [...]" (Z. 1)*
2. The highway wasn't the first, the longest or the **fastest**.
   ✎ *Hinweis: "And it might not have been the fastest." (Z. 3)*
3. The dust storms happened during the **1930s**.
   ✎ *Hinweis: "A series of powerful dust storms in the 1930s [...]" (Z. 9/10)*
4. The people who left wanted **a better** life in California.
   ✎ *Hinweis: "The migrants headed west on Route 66, hoping the path would lead to a better life in California [...]" (Z. 12/13)*
5. The 1940s and 50s saw the rise of the **car** culture.
   ✎ *Hinweis: "the car culture exploded in the 1940s and 50s." (Z. 15/16)*
6. The new highways were faster and didn't have many **traffic lights**.
   ✎ *Hinweis: "The U.S. government built bigger highways, with faster speed limits and fewer traffic lights." (Z. 18/19) Das Adjektiv „fewer" ist die Steigerungsform von „few", das „not many" bedeutet.*
7. The places that suffered most were the **small towns**.
   ✎ *Hinweis: "Many of these small towns had depended on Route 66 for business and income. The economies of bypassed small towns suffered. When the traffic stopped on Route 66, so did many of the towns themselves." (Z. 20–23)*

Listening Test 6: Things you didn't know about London

Hinweis: In diesem Podcast geht es um London. Du wirst viele Fakten über die Hauptstadt von England erfahren, die neu für dich sind. Pass gut auf, denn du musst Details in eine Tabelle eintragen. In dieser Art Aufgabe wird oft nach Zahlen gefragt, die im Text vorkommen. Du solltest die englischen Zahlen also ganz sicher beherrschen.

1. London sees about **17 million / 17 m** visitors a year.
   Hinweis: Durchschnittlich besuchen rund 17 Millionen Menschen London pro Jahr: "And every year, London gets an average of 17 million visitors" (Z. 4/5). Da bereits das Adverb „about", das hier „ungefähr" bedeutet, sowie die Angabe „visitors a year" vorgegeben sind, brauchst du nur noch die richtige Zahl ergänzen. Du kannst „million" ausschreiben oder durch „m" abkürzen. Frage am besten bei deinem Lehrer bzw. deiner Lehrerin nach, ob in der Prüfung Abkürzungen auch akzeptiert werden.
2. Oslo's present for London is for **Trafalgar Square (at Christmas) / Christmas**.
   Hinweis: Hier gibt es zwei Möglichkeiten, wie du die Lücke füllen kannst: Du kannst entweder den Platz angeben, auf dem der Weihnachtsbaum jährlich aufgestellt wird ("every year Oslo [...] gives London a big Christmas tree for Trafalgar Square", Z. 6/7), oder aber du gibst den Anlass an, zu dem London das Geschenk aus Norwegen erhält, nämlich Weihnachten.
3. The money from *Peter Pan* goes to a **children's hospital**.
   Hinweis: Es handelt sich nicht um ein beliebiges Krankenhaus, sondern um ein Krankenhaus, in dem <u>Kinder</u> behandelt werden: "But did you know that all the royalties from the books and the films go to a children's hospital in London called Great Ormond Street?" (Z. 14–16) Du kannst hier nicht den Namen des Krankenhauses nennen, da der Satzanfang den unbestimmten Artikel „a" enthält, Eigennamen aber grundsätzlich ohne Artikel stehen.
4. The Tube was the world's **first underground railway**.
   Hinweis: London hatte weltweit die erste U-Bahn: "London had the very first underground railway in the world [...]" (Z. 20)

5. While a station was being made the builders found **1,000 dead bodies / a huge grave with 1,000 (dead) bodies / a huge grave**.
   ✎ *Hinweis: Beim Bau der Aldgate Station wurde ein Massengrab mit Opfern des Pestausbruchs von 1665 entdeckt: "they discovered a huge grave with 1,000 dead bodies [...]" (Z. 22)*
6. The Shard, a famous building in London, is **310 metres** high.
   ✎ *Hinweis: "[The Shard is] 310 metres high" (Z. 27). Denk daran, auch die Maßeinheit „metre" zu ergänzen.*
7. Many tall buildings have **fun names / funny names / a fun name / a funny name**.
   ✎ *Hinweis: "Many of London's high-rise buildings have been given fun names" (Z. 27/28). Im Text kommt der Ausdruck „fun names" vor; hierbei handelt es sich um eine Wortzusammensetzung. Du kannst aber auch einfach das passende Adjektiv „funny" verwenden.*

Listening Test 7: Say no to plastic!

✎ *Hinweis: In diesem Radiointerview wird über ein weltweites Umweltproblem diskutiert. Höre genau zu und entscheide, ob die Aussagen über den Text richtig oder falsch sind. Achte insbesondere auf die Zahlen, die bei einigen Teilaufgaben ausschlaggebend sind.*

1. true
   ✎ *Hinweis: "the beach was covered in plastic bottles and lots of other rubbish." (Z. 6/7)*
2. true
   ✎ *Hinweis: Kunststoff benötigt mehrere hundert Jahre, bis er sich zersetzt: "it'll then need 500 to 1,000 years before it has decomposed." (Z. 10)*
3. false
   ✎ *Hinweis: Zwar wurde der Plastiklöffel in dem besagten Video in China hergestellt, die Materialien aber stammten aus Europa: "The chemicals were taken <u>from</u> Europe <u>to</u> China [...]" (Z. 13/14)*
4. false
   ✎ *Hinweis: Genau das Gegenteil ist der Fall: "So, one spoon travelled around the world!" (Z. 18)*

5. false
   Hinweis: "In England, a plastic bag costs 5 pence […] – 50 pence would be better." (Z. 21/22)
6. false
   Hinweis: Da die Materialien der Kaffeebecher schwer zu trennen sind, gibt es nur extrem wenige Fabriken, in denen diese Becher recycelt werden können: "This plastic is very difficult to separate from the paper. In the UK there are only three factories that can do this […]" (Z. 29/30)
7. true
   Hinweis: "500,000 coffee cups in the UK are thrown away every day […]" (Z. 33/34)
8. false
   Hinweis: Auch hier trifft genau das Gegenteil zu: "99 % of them aren't recycled." (Z. 34) Auch weiter vorne im Gespräch kommt diese Tatsache zum Ausdruck: "only about 1 % of all the coffee cups are recycled." (Z. 30/31)
9. true
   Hinweis: "A lot of the coffee outlets are starting to take some action at last. But there are many interesting ideas about how to deal with the problem, too. For example […]" (Z. 36–38)

Listening Test 8: Booking a hotel room

Aufgabe 1

Hinweis: Du hörst ein Telefonat zwischen einem Hotelangestellten und einer jungen Frau, die ein Hotelzimmer buchen möchte. Deine Aufgabe ist es, zu entscheiden, ob die Sätze über den Text richtig oder falsch sind.

a) false
   Hinweis: „Waverley" ist keine Ortsangabe, sondern der Hotelname: "The Old Waverley Hotel in Edinburgh." (Z. 1)

b) false
   Hinweis: Die Anruferin möchte ihre Eltern mit einer Reise überraschen: "It's a surprise." (Z. 4)

c) true

Hinweis: Gleich an zwei Stellen kannst du belegen, dass diese Aussage richtig ist, denn wenn ein Paar Silberhochzeit (= „silver wedding anniversary“, Z. 4) feiert, ist es seit 25 Jahren verheiratet. Der Hotelangestellte greift diese Tatsache in seiner Antwort auf: “Oh, wow, your parents have been married for 25 years!” (Z. 5)

d) true

Hinweis: Das Fringe Festival ist das größte Kunst- und Kulturfestival der Welt und findet jedes Jahr im August in Edinburgh statt (vgl. Z. 9/10).

e) true

Hinweis: Von dem einzig noch freien Zimmer kann man „Edinburgh Castle“ sehen (vgl. Z. 14/15).

f) false

Hinweis: Der Hotelangestellte nennt den Zimmerpreis, nicht den Preis pro Person: “it's £ 165 per night for the room.” (Z. 15/16)

g) true

Hinweis: Sonderangebote gibt es normalerweise in den Wintermonaten, also in der Nebensaison (= „low season“): “we've usually got special offers for the winter months.” (Z. 18/19)

h) false

Hinweis: Der Angestellte erklärt der Anruferin, wie ein Angebot in den Wintermonaten aussehen könnte, und erwähnt dabei „dinner and a full English breakfast“ (Z. 20/21).

i) true

Hinweis: Das Hotel verschickt 12 Ausgaben pro Jahr, denn es handelt sich um einen „monthly newsletter“ (Z. 26).

Aufgabe 2

Hinweis: Vielleicht kannst du einige Lücken bereits füllen, ohne den Text noch einmal anzuhören. Konzentriere dich beim erneuten Hören dann auf die noch fehlenden Informationen. Achte besonders auf die Stellen, an denen etwas buchstabiert wird.

a) Lewis
Hinweis: Falls du hier einen Rechtschreibfehler machst, ist das nicht so schlimm. Rechtschreibung wird beim Hörverstehen nicht gewertet. Es würde z.B. also auch „Luis" akzeptiert werden.

b) Sophie Burns
Hinweis: Die junge Frau nennt gleich zu Beginn des Gesprächs ihren Namen (vgl. Z. 3). Ihren Nachnamen buchstabiert sie darüber hinaus noch am Ende des Telefonats (vgl. Z. 30).

c) her parents
or: Sophie Burns' parents
or: Mr and Mrs Burns
Hinweis: "I'd like to book a hotel room for my parents [...]" (Z. 3/4).

d) 15th to 18th August
or: 15–18 August
Hinweis: vgl. Z. 8

e)
- (beautiful) large double room
  or: large and beautiful room
- (fantastic) view of Edinburgh Castle
  or: (with) (fantastic) view of (the) castle
  Hinweis: "It's a beautiful large double room with a fantastic view of Edinburgh Castle." (Z. 14/15)

f) yes
Hinweis: Auf den Vorschlag des Hotelangestellten, sie auf die Mailingliste zu setzen (vgl. Z. 25–27), sagt Sophie „why not" (Z. 28).

g) sburns.15@openmail.co.uk
Hinweis: Am Ende des Gesprächs buchstabiert Sophie ihre E-Mail-Adresse (vgl. Z. 29/30). Hier ist es wichtig, dass du alle Buchstaben richtig verstehst und sie auch korrekt aufschreibst. Groß- und Kleinschreibung werden aber nicht gewertet.

Listening Test 9: The Stolen Generations

*Hinweis: Du hörst eine Radiosendung, in der es um die problematische Geschichte Australiens in Bezug auf seine Ureinwohner*innen geht. Jahrzehntelang wurden Kinder der „Stolen Generations" ihren Eltern weggenommen und in Heimen oder Familien, die keine „Aboriginal roots" hatten, untergebracht. Lies dir die Aussagen zum Text durch. Deine Aufgabe ist es, zu entscheiden, ob die Aussagen richtig oder falsch sind.*

1. true
   Hinweis: "From the late nineteenth century to about 1970, various Australian governments took Aboriginal children […] away from their families." (Z. 5–7)
2. false
   Hinweis: "Their aim was to make them adopt white culture." (Z. 7/8); "the governments were trying to get rid of Aboriginal peoples and their traditions." (Z. 10/11)
3. false
   Hinweis: Im Text geht es nicht darum, wie die „Aboriginal peoples" die Kultur der weißen Bevölkerung wahrgenommen haben, sondern darum, was die weiße Bevölkerung dachte: "but many whites thought their culture was better than that of the Aboriginal peoples." (Z. 15/16)
4. false
   Hinweis: "The children were separated from their parents – their families – and often taken thousands of miles away […]" (Z. 18/19)
5. true
   Hinweis: "Most were given 'white' names and the only language they were allowed to use was English, not their own – that was forbidden." (Z. 23–25)
6. false
   Hinweis: "They were given an education, but usually a rather poor one – one just enough to allow them to do basic work […]" (Z. 29–31)
7. false
   Hinweis: Erst im Jahr 2008 hat die damalige australische Regierung sich bei den „Stolen Generations" offiziell entschuldigt: "But it wasn't until 2008 that an Australian prime minister officially apologised to the Stolen Generations." (Z. 41–43)

8. true

   Hinweis: Die Probleme sind noch nicht völlig gelöst bzw. viele Betroffene leiden noch immer unter den Folgen: "Many Aboriginal people still suffer from how they were treated by the whites. [...] the number of children [...] taken away from their parents is still much higher for Aboriginal people than for white people. Even today, governments seem to spend a lot more money on putting Aboriginal children into state-run homes than on helping them to stay with their parents." (Z. 45–50)

Listening Test 10: Part-time jobs

*Hinweis: In diesem „listening test" werden drei Schüler*innen zum Thema Nebenjob befragt. Anhand ihrer Äußerungen musst du die Gedankenblasen den richtigen Personen zuordnen. Beachte, dass auch mehrere Gedankenblasen zu einer Person passen können.*
Schreibe die Namen in die dafür vorgesehenen Felder. Eine Gedankenblase kann nicht zugeordnet werden. Trage ein Kreuz in das entsprechende Feld ein.

1. Leo

   Hinweis: "I'm a Maths tutor." (Z. 14); "My rates are affordable for everyone." (Z. 15) Das Adjektiv „affordable" bedeutet „erschwinglich" oder „bezahlbar". Wenn du die Bedeutung nicht auf Anhieb weißt, kannst du sie vom Verb „(to) afford sth", das die Bedeutung „sich etwas leisten" hat, ableiten.

2. ✗

   Hinweis: Keine der befragten Personen sagt, dass der Job anstrengend sei.

3. Marc

   Hinweis: "I don't have a part-time job right now. I used to work for a pizza delivery service [...]" (Z. 9/10); "My parents made me quit two weeks ago [...]" (Z. 12/13)

4. Lexi

   Hinweis: "I'm a babysitter." (Z. 5); "I look after our neighbours' children. They're two, five and eight years old." (Z. 7/8)

▶ Lösungen zum Bereich „Reading“

Hinweis: In diesem Kapitel wird dein Leseverständnis überprüft. Da du hier die Möglichkeit hast, die Texte mehrmals durchzulesen, relevante Textstellen zu markieren und die Aufgaben in Ruhe mit den Lesetexten zu vergleichen, werden genauere Details abgefragt als in den Aufgaben zum Hörverstehen.

Reading Test 1: A birthday present

Hinweis: Lies die Aufgabenstellung aufmerksam, denn sie enthält wichtige Informationen, die du für die Bearbeitung der Aufgaben – insbesondere der letzten Teilaufgabe – brauchst.

1. false

   Hinweis: Bei „Back to the Wild“ (Anzeige 2) geht es darum, zu erfahren, wie man „without a tent“ in der Wildnis übernachten kann. Diese Aussage ist somit falsch.

2. true

   Hinweis: Diese Aussage bezieht sich auf die dritte Anzeige. Im Text steht “Each plane can take 1–3 people”. Der Fixpreis bezieht sich auf den Flug und ist unabhängig von der Anzahl der Passagiere: “Price per take-off: £ 40”. Folglich stimmt diese Aussage, denn drei Fluggäste können den Flugpreis untereinander aufteilen, sodass jeder nur ein Drittel des Preises zahlt.

3. false

   Hinweis: Der Fahrradverleih ist nur von Anfang April bis Mitte November geöffnet (vgl. Anzeige 1). Folglich sind weder E-Bikes noch andere Fahrräder rund ums Jahr verfügbar.

4. false

   Hinweis: Der Ausdruck „during the week“ bedeutet „unter der Woche“. Flüge werden jedoch nur „Every weekend in July and August“ angeboten (vgl. Anzeige 3). Die Aussage ist also nicht richtig.

5. true

   Hinweis: Wenn du dir nicht sicher bist, auf welche Anzeige sich diese Aussage bezieht, suche nach Schlüsselwörtern in der Aussage und in den „ad-

verts". Ein aussagekräftiges Wort in diesem „statement" ist „dream", das du auch in der vierten Anzeige wiederfindest. Im „Chocolate dream course" kannst du deine „chocolate fantasy" wahr werden lassen: "Then try making any chocolate fantasy you have yourself [...]"

6. true

Hinweis: Es gibt Fahrradwege unterschiedlichen Schwierigkeitsgrads für alle Könnerstufen: "Four different levels of tracks to follow: blue for beginners to black for experienced mountain bikers." (Anzeige 1)

7. false

*Hinweis: Bei „Back to the Wild" lernen die Teilnehmer*innen, „what to cook without going to the supermarket" (Anzeige 2). Das bedeutet, dass sie kein Essen mitbringen sollen.*

8. true

Hinweis: Du kannst nach dem Ausschlussverfahren vorgehen, wenn du nicht sofort weißt, auf welche Anzeige sich dieser Satz bezieht. Um die Aktivitäten aus den Anzeigen 1, 2 und 4 zu buchen, stehen den Interessenten jeweils zwei Möglichkeiten offen. Nur der Flug ist ausschließlich telefonisch buchbar: "Phone the airport" (Anzeige 3). Außerdem kommt das Schlüsselwort „present" sowohl in der Anzeige als auch in der Aussage vor.

9. true

*Hinweis: Beim „Chocolate dream course" zeigen die Veranstalter erst, was alles möglich ist, bevor die Teilnehmer*innen des Kurses selbst aktiv werden: "watch how we do wonderful things with [chocolate]. Then try making [...]" (Anzeige 4)*

10. false

Hinweis: Aus der Aufgabenstellung weißt du, dass Hollys und Lukes Mutter nicht besonders sportlich ist. Aus diesem Grund kannst du mit Sicherheit sagen, dass sie nicht den schwierigsten Weg für eine Fahrradtour wählen würde, denn dieser schwarze „track" ist nur für „experienced mountain bikers" (Anzeige 1).

Reading Test 2: What can we do today?

Hinweis: Lies die vier Anzeigen sowie die zugehörigen Satzanfänge und Wahlmöglichkeiten aufmerksam durch. Die Teilaufgaben entsprechen der Reihenfolge der Anzeigen. Wähle das jeweils richtige Satzende aus.

1. b – if it is raining.

   Hinweis: Der Klettergarten ist an „dry days only" geöffnet. Wenn du nach dem Ausschlussprinzip vorgehst, kommst du auch auf die richtige Lösung, denn um klettern zu dürfen, muss man „over 16" und „over 1.60 m" sein. Antwortmöglichkeiten a und c stimmen somit nicht.

2. b – know some ghost stories.

   *Hinweis: In der zweiten Anzeige geht es um Westwood House. Die Besitzer des Anwesens bieten Besichtigungstouren an, bei denen sie die Besucher*innen selbst herumführen. Da in der Anzeige steht, dass dabei Geschichten – unter anderem über „ghosts" – erzählt werden, bedeutet das, dass die Familie Westwood bestens mit den Gespenstergeschichten vertraut sein muss.*

3. c – for children to feed some of the animals.

   Hinweis: Im Tigby Zoo, der sonntags geschlossen ist, gibt es einen Bereich für Kinder, in dem Tiere gefüttert werden können: "feed the animals in the Children's Corner". Ob Eisbären zu sehen sind, steht nicht in der Anzeige. Daher ist Satzende c richtig.

4. c – can only rent old cars.

   Hinweis: Interessenten können nur Oldtimer mieten. Man kann ein Picknick mitbuchen, allerdings ist es nicht vorgesehen, dass die Kundinnen und Kunden sich das Essen aussuchen. Was den Preis betrifft, so kann man ein Auto <u>ab</u> 150 £ pro Tag mieten, d. h., dass die Tagesmiete den Betrag auch überschreiten kann.

Reading Test 3: Cities

Hinweis: Bei dieser Aufgabe ist es wichtig, dass du sowohl die Personenbeschreibungen als auch die Informationen über die Städte genau liest, damit du den fünf Personen ihre Lieblingsstadt zuordnen kannst. Drei Städte können nicht zugeordnet werden.

1. G – Rome

   Hinweis: Lilly interessiert sich für Geschichte und liebt gutes Essen: "I like history […] Every time […] I see something new – I mean old, but new for me. […] the food is great […]" →
   In Rom gibt es leckeres Essen und viele alte Gebäude: "Pizza, pasta and ice cream. […] Around every street corner there is an ancient building. Walk where Julius Caesar walked or visit the Colosseum […]"

2. A – Edinburgh

   Hinweis: Kathy sagt: "I don't like lots of sun or flying very far, so I often get on a train and go there […] enjoy the atmosphere and the sounds […]" →
   Edinburgh liegt in Schottland und ist das ideale Reiseziel für Kathy: "Scotland is often wet […] bagpipe players in the streets […] One great thing about the city is that the station is in the middle of it. In a few minutes you can be off your train and in the centre of Edinburgh."

3. F – New York

   Hinweis: Simon reist gerne weit weg und ist fasziniert von Hochhäusern. Er sagt: "far away from England […] famous sights and the high-rise buildings, […] always lots to do during the day and in the evening […]" →
   "New York is famous for its skyscrapers, the Statue of Liberty, yellow taxis and Central Park. But there is much more to see and do in New York, including a Broadway play in the evening."

4. H – Barcelona

   Hinweis: Gemma ist begeistert von Barcelona: "it has everything: I can go sightseeing in the morning, swimming in the sea in the afternoon and maybe even watch a football match in the evening." →
   "Barcelona has a great football team! […] many beautiful buildings and an amazing cathedral. It's also got beaches […]"

5. E – Munich

   Hinweis: Bei Charlie musst du genau lesen, um auf die richtige Stadt zu kommen: "I visit it in the autumn and winter for the special events – and I can also eat something that I can't eat at home." →
   Charlie gefällt München sehr gut: "Of course, it's famous for its 'Oktoberfest' and its Christmas markets – […] one thing every visitor must try in Munich and that's 'Weißwürste'!"

Reading Test 4: The mystery of the Mary Celeste

Hinweis: Zu diesem Text sollst du eine Matching-Aufgabe bearbeiten, bei der du zu acht Satzanfängen die passenden Satzenden finden sollst. Eine Wahlmöglichkeit bleibt übrig. Beachte, dass die Sätze inhaltlich und sprachlich richtig sein müssen.

1. D

   Hinweis: "What happened to the ship called the Mary Celeste? People have been trying to answer this question for more than 100 years." (Z. 1–4); "What happened to them [...] is still a mystery." (Z. 24)

2. I

   Hinweis: "There were seven sailors, the captain, his wife and their two-year-old daughter on board." (Z. 8–10)

3. G

   Hinweis: "All the men were good sailors and had a lot of experience." (Z. 10/11)

4. A

   Hinweis: Im Text steht das genaue Datum, an dem die Mary Celeste den Hafen in New York verlassen hat. Da zu diesem Zeitpunkt Herbst ist, kannst du dieses Satzende leicht finden: "They sailed from New York on 7th November, 1872." (Z. 11)

5. B

   Hinweis: "another ship saw the Mary Celeste coming towards it [...] The captain sent two of his men to climb onto the Mary Celeste [...]" (Z. 13/14)

6. H

   Hinweis: "but there was no one on it." (Z. 15)

7. E

   Hinweis: "and the crew's belongings were still there [...]" (Z. 17/18). Das Substantiv „belongings" ist bedeutungsgleich mit „personal things".

8. C

   Hinweis: "the ship [...] was not seriously damaged." (Z. 20) Die Männer, die die Mary Celeste fanden, konnten mit dem Schiff sogar bis nach Gibraltar segeln (vgl. Z. 22), d. h., auch diese Textstelle zeigt dir, dass sich die Mary Celeste in einem recht guten Zustand befand.

Reading Test 5: "We may be 'born free', but ..."

Hinweis: In diesem Lesetext geht es um die Generation der „born frees" in Südafrika. Lies dir den Text zuerst einmal in Ruhe durch, damit du weißt, wovon er handelt. Deine Aufgabe ist es, zu den sieben vorgegebenen Satzanfängen die passenden Satzenden zu finden.

1. c – South Africans born after the end of apartheid.
   Hinweis: Gleich im ersten Absatz findest du die relevante Textstelle: "In South Africa, young people born after 1994 [...] are often referred to as 'born frees'. They are the first generation to grow up in a free and democratic society, the first who no longer experienced the system of racial segregation [...]." (Z. 1–5)
2. a – lost their political voice.
   Hinweis: Die nicht-weiße Bevölkerung durfte während des Apartheid-Regimes nicht wählen: "they were not allowed to vote" (Z. 15).
3. c – consider it normal to be living in a democratic society.
   Hinweis: Nur Aussage c) lässt sich anhand des Textes durch eine Aussage Mbalis belegen: "I think for most of our generation it's normal to move around freely or be allowed to vote." (Z. 23–25) Dass Südafrika heute eine Demokratie ist, steht in den Zeilen 3/4.
4. c – face difficult employment prospects.
   Hinweis: Hier musst du ganz genau lesen: "'[...] there simply aren't enough jobs,' Mbali says. [...] about 60 per cent of South Africans between the ages of 15 and 24 are out of work. Black Africans seem to be particularly at risk of facing long-term joblessness." (Z. 29–32) Das Problem der Arbeitslosigkeit betrifft also alle jungen Leute in Südafrika, wohingegen vor allem die Menschen schwarzer Hautfarbe von Langzeitarbeitslosigkeit und schlechter Bezahlung betroffen sind. Von positiven Zukunftsaussichten ist im Text nicht die Rede.
5. b – can still be felt.
   Hinweis: Die relevante Textstelle ist: "not so much has changed. Even years after the end of apartheid, the old inequalities are still in place." (Z. 34/35)

6. a – stay in her country.

   Hinweis: Im letzten Absatz geht es um Mbali und ihre Zukunftspläne: "Has she ever considered leaving South Africa and moving to another country? '[...] no, never. [...]'" (Z. 36/37)

7. a – build a new South Africa.

   Hinweis: Der letzte Satz hilft dir dabei, das richtige Satzende zu finden: "'[...] There are so many creative people, people who want to change things. We may be 'born free', but there's still a lot for us to do in this society.'" (Z. 38–40) Lass dich durch die Verwendung von „creative" in Z. 38 und „create" in Satzende c) nicht verwirren. Auch wenn hier zwei Wörter zu ein und derselben Wortfamilie gehören, bedeutet das nicht automatisch, dass diese Wahlmöglichkeit die richtige ist.

Reading Test 6: Green roofs benefit people

Hinweis: Reading Test 6 handelt von begrünten Dächern in amerikanischen Großstädten und deren Vorteilen. Um in der Abschlussprüfung die volle Punktzahl zu bekommen, musst du das Häkchen bei „true" oder „false" richtig setzen und zusätzlich auch die Zeilen der Textstelle angeben, mit der du belegen kannst, warum eine Aussage richtig oder falsch ist.

1. false – line 2 **or** lines 2–4

   Hinweis: "But too much rain – especially in cities – can lead to flooding. That can cause waste water systems, like sewers, to overflow and send pollutants into rivers and other waterways."

2. true – lines 7/8

   Hinweis: Die Bedeutung des englischen Verbs „(to) absorb" kannst du vom deutschen Wort „absorbieren" ableiten, das „aufnehmen" bedeutet. Dies wiederum passt zum englischen Verb „soak up" aus der Aufgabenstellung: "The garden holds many kinds of plants to help absorb rainwater ..."

3. false – lines 9/10

   Hinweis: "Rainwater is collected in large containers and sent through a system that waters the rooftop garden."

4. true – lines: 10/11
   Hinweis: Begrünte Dächer ziehen Insekten an: "The roof is filled with green life that appeals to insects."
5. true – lines 18–20 **or** 24/25
   Hinweis: "The project is part of a research program to see which plants do well on rooftops."/"we're doing variety trials and we're trying just to see which variety grows the best in a green roof setting."
6. false – lines: 27–30
   Hinweis: "And that includes produce that might be more used by immigrants. 'In the U.S., it may not seem very common to use hibiscus leaves and sweet potato leaves as food, but in many places around the world it is.'"
7. true – lines: 33–35
   Hinweis: "She says she's been surprised by the garden's output. 'My biggest surprise was that we produced 4,250 pounds of produce the first year and were able to give that to people in need.'"

Reading Test 7: Volunteering in Australia

Hinweis: In diesem Text geht es um Freiwilligenarbeit in Australien. Wichtig ist hier, dass du den Text und die Aussagen genau liest, denn oftmals entscheidet nur ein einziges Wort, ob eine Aussage richtig oder falsch ist. Am besten markierst du die relevanten Textstellen, damit dir keine Fehler bei den Zeilenangaben unterlaufen.

1. false – line 1
   Hinweis: Australien gehört zwar zu den beliebtesten Ländern für ein „gap year", ist aber nicht unbedingt das beliebteste: "Australia has long been one of the top gap-year destinations [...]"
2. true – lines 7/8
   Hinweis: Da Tiere auch zur Natur zählen, ist diese Antwort richtig: "Most of those projects focus on the protection of wildlife [...]"

3. true – lines 7–12
   Hinweis: Indem sie z. B. Müll einsammeln, Bäume pflanzen oder nicht heimische Planzen entfernen, helfen die „volunteers", einen natürlichen Lebensraum für bedrohte Tierarten zu schaffen: "Most of those projects focus on the protection of wildlife, such as looking after endangered animals [...] volunteers can help to restore the typical living space of these species."
4. false – lines 12/13
   *Hinweis: Die freiwilligen Helfer*innen arbeiten häufig in Nationalparks. Typische Arbeiten sind z. B. das Errichten von Zäunen und die Gestaltung und Instandhaltung von Wegen. An der Gründung von Nationalparks sind sie jedoch nicht beteiligt: "Constructing and maintaining walking trails or building fences in national parks are also very common activities."*
5. false – lines 14/15
   Hinweis: Eine weitere Aufgabe der „volunteers" kann es sein, Kameras aufzustellen, die für die Beobachtung bedrohter Tierarten benutzt werden. Gemäß des Textes gehört das Fotografieren der Tiere nicht zu ihrer Arbeit: "setting up cameras to monitor endangered species".
6. true – lines 16–18
   Hinweis: "Australia is also known as a nation of volunteers with 38 % of women and 34 % of Australian men volunteering regularly."
7. true – lines 18/19
   *Hinweis: Das Feedback der freiwilligen Helfer*innen, die an den verschiedenen Projekten teilnehmen, ist durchwegs positiv. Sie haben Spaß und erleben eine aufregende Zeit, in der sie auch neue Freundschaften schließen: "Apart from spending an adventurous time and making new friends [...]"*
8. true – lines 23–26
   Hinweis: "It is especially young people who set out on a gap year who feel that volunteering also makes a difference to themselves. 'I've grown as a person and conquered so many fears,' says Maggie from Canada."

Lösungen zum Bereich „Mediating“

Hinweis: In den folgenden Aufgaben sollst du zeigen, dass du Informationen von einer Sprache in die andere übertragen kannst – vom Deutschen ins Englische und umgekehrt. Es ist wichtig, dass du daran denkst, dass „mediating“ nicht „übersetzen“ heißt. Deshalb sind auch die Antworten in den Lösungen nur Beispiele. Sie enthalten allerdings die wichtigsten Informationen, die auch in deinen Antworten vorkommen sollten.

Aufgabe 1

Hinweis: Du kannst direkt auf den Inhalt der Schilder eingehen oder eine Einleitung wie „Hier steht, dass …“ verwenden. Wichtig ist, dass du eine Lösung findest, die im Deutschen natürlich klingt.

a) Der Rasen ist keine Hundetoilette!

b) Das Füttern der Alligatoren / Krokodile ist verboten! / Hier steht, dass man die Alligatoren nicht füttern darf.

c) Das Schwimmen ist hier nur unter Aufsicht des Badepersonals / Rettungspersonals erlaubt.

d) Das Betreten der Eisfläche ist verboten. Es besteht die Gefahr zu ertrinken. Das Eis könnte (ein)brechen.

e) Das Rauchen ist drinnen und draußen untersagt. Das gilt für alle Gebäude auf dem Campus, alle Außenbereiche und Parkplätze.

f) Der gesamte Laden ist videoüberwacht. Es wird auch (ausdrücklich) darauf hingewiesen, dass Diebstahl eine Straftat ist, die zur Anzeige gebracht wird.

g) Hier wird vor aggressiven Bienen gewarnt. Wenn man angegriffen wird, soll man (weg)rennen, sich in ein Gebäude oder Fahrzeug begeben, Mund und Nase bedecken, nicht nach den Bienen schlagen und nicht in Panik geraten. Erste-Hilfe-Kästen und Notfalltelefone befinden sich in den Notfallzelten, die alle 500 Meter aufgestellt sind.

Aufgabe 2

Hinweis: Beim „Mediating" wird dir meist eine bestimmte Situation vorgegeben, in die du dich hineinversetzen musst. Da du einer Engländerin die Schilder erklärst, solltest du „British English" verwenden.

a) The sign says that they are closed. / They are closed.

b) The lift is out of order / service / operation. / The lift doesn't work.
Hinweis: Hier verwendest du für das Substantiv „Aufzug" am besten das britische Wort „lift".

c) You should only open the door in a case of emergency. It is also alarmed. / There is also an alarm.

d) You are not allowed to be on the building site / construction site. Parents are responsible for their children.

e) If you don't belong to the school you are not allowed to enter the (school) campus. Guests must register with the school administration / headteacher.

Aufgabe 3

Hinweis: Achte darauf, genau auf die Fragen einzugehen. Formuliere deine Antworten so, wie du dich auch im echten Leben ausdrücken würdest.

a) Ja, das ist ein Fest, und zwar ein Herbstfest.

b) Das Fest findet morgen / diesen Samstag, also am 15. Oktober, statt. Es beginnt um 8 Uhr abends.

c) Es gibt Musik und Spiele, und man kann auch Preise gewinnen.

Aufgabe 4

Hinweis: Hier schlüpfst du in die Rolle des amerikanischen Mädchens Kim. Lies dir die Aufgabenstellung und das Plakat über den Wohltätigkeitslauf aufmerksam durch. Beachte, dass Kim mit ihrer Freundin Jana deutsch spricht.

a) Am 20. August an meiner Schule, der River High School.

b) Mit dem Geld soll das afrikanische Dorf, in dem unsere Partnerschule steht, eine Wasserversorgung erhalten.

c) Bisher müssen die Kinder das Wasser, das ihre Familie tagsüber braucht, von einem Brunnen holen, der 5 Kilometer entfernt ist, d. h., sie müssen vor der Schule insgesamt 10 Kilometer gehen und schwer tragen. Deshalb kommen sie oft zu spät zum Unterricht oder sind sehr müde.

d) Das kannst du selbst entscheiden. Eine Runde sind 800 Meter – das ist die kürzeste Strecke. Wenn du fit bist, kannst du bis zu 8,000 Meter laufen.

e) Super, dass du dabei bist! Um dich anzumelden, brauchst du nur eine Mail an runningwater@RHS.org zu schreiben.

Aufgabe 5

Hinweis: Hier sollst du Fragen deiner Freundin Megan auf Englisch beantworten. Die Frage „Who's playing?" kannst du nicht exakt beantworten, weil in der Anzeige keine Bands namentlich erwähnt werden. In einem solchen Fall solltest du dir den gesamten Text bzw. die Anzeige noch einmal aufmerksam ansehen, um sicherzustellen, dass du keine Details übersehen hast. Wenn die gefragte Information wirklich nicht enthalten ist, kannst du das einfach ansprechen. In diesem Fall kannst du Megan z. B. im Anschluss mitteilen, dass acht Liveacts angekündigt sind und dass am Samstagabend eine Überraschungsband spielen wird, die international bekannt ist.

a) It doesn't say but there are eight bands and on Saturday evening there's a surprise international guest band.

b) A day ticket costs € 12.50 and a weekend ticket costs € 22.

c) There's a campsite. I could take my tent. / I could take my tent and we can stay on the campsite.

d) The weekend ticket includes the campsite, so it wouldn't cost (us) anything. / The price for the campsite is already included in the weekend ticket, so we wouldn't have to pay extra for it.

e) It starts on Friday at 8.00 p.m. and ends on Sunday at 6.00 p.m.

f) No, we wouldn't. We can buy food and something to drink there. / There're big tents there where visitors can buy something to eat and drink.

Aufgabe 6

Hinweis: Dein Freund Brandon braucht deine Hilfe, denn er versteht die Informationen zur Hafenrundfahrt in Hamburg nicht. Beantworte seine Fragen auf Englisch. Lass dich nicht verunsichern, dass es auch hier zu einer Frage keine Informationen gibt. Du musst aber trotzdem auf Brandons Frage reagieren.

a) You can only get the tickets online. They send you an e-mail with the ticket for you to print out. (There are no ticket offices.)

b) No, we don't have to decide on a date and time of day. We can go whenever we want to.

c) There's a boat every 30 minutes from 10 a.m. to 5 p.m.

d) (I'm afraid not.) There's only a discount up to the age of 14.

e) No, they don't say what we can see. / No, unfortunately not.

Aufgabe 7

Hinweis: Im ersten Teil der Aufgabe sollst du zwischen einer Person, die nicht so gut Deutsch spricht, und einer Person, die nicht so sicher im Englischen ist, dolmetschen. Im zweiten Teil der Aufgabe liegt dir ein kurzer Text vor, zu dem du Fragen auf Englisch beantworten sollst. Hier handelt es sich um Hitzefrei-Regelungen, die auf Deutsch formuliert sind.

a) This is Mr Schwarz, our principal. He wants to know if you had a good flight.

b) Der Flug war sehr lang und Sammy ist noch etwas müde.

c) Mr Schwarz would like to welcome you to our school and hopes you have a good three months here. If you (should) have any problems, you can come to him at any time but I'll (have to) come with you in the beginning to translate, of course.

d) Sammy hofft, dass sein Deutsch bald so gut ist, dass er sich ohne meine Hilfe mit Ihnen unterhalten kann.

e)
- When the temperature in the classrooms is 25 °C or more by 10.00 a.m., we can go home earlier than usual.
- When the temperature before midday has been over 25 °C for several days, our lessons are only 35 minutes long / we have shorter lessons.

f) When it's very hot, or the ozone levels are very high, there are no sports lessons outside. (Then we have these lessons in the gym / sports hall.)

g)
- Yes, of course. We can bring a bottle of water and drink something whenever we want.
- When the school closes early, the school buses will also come early.

Aufgabe 8

Hinweis: Auch in dieser Aufgabe werden zwei Aufgabenformate miteinander verknüpft. Zuerst sollst du zwischen einer amerikanischen Touristin und einem Mitarbeiter am Informationsschalter des Münchner Flughafens dolmetschen. Im zweiten Teil sollst du einige Fragen der Amerikanerin mithilfe des deutschen Prospekts auf Englisch beantworten.

a) *I'll ask.* Die Dame sucht ein typisch bayerisches Hotel, das nicht in München liegt. Können Sie eines empfehlen?

b) He recommends the "Hotel Bavaria München". It's a country hotel near Munich – you can have a look at the brochure if you want.

c) Das Hotel scheint ihr zu gefallen. Hätten Sie einen Prospekt auf Englisch für sie?

d)
- There is a good bus and train service – the S-Bahn – and it takes you into the city quickly. / Munich has got an excellent public transport system. You can use the bus or train to get to the city centre and back quickly.
- There's a restaurant in the hotel. It serves Bavarian meals as well as international dishes – and also vegetarian food.
- The hotel is very quiet, traditional and ideal for relaxing.

e)
- The hotel has a garage. / You can leave the / your car in the hotel garage.
- The hotel has a fitness room, which is open 24 hours a day.

Aufgabe 9

Hinweis: Diese Aufgabe besteht ebenfalls aus zwei Teilen. Im ersten Teil sollst du zu einer deutschsprachigen Anzeige über Quad-Touren Fragen auf Englisch im Gespräch beantworten. Im zweiten Teil sollst du die englischen Fragen deiner Cousine, die anhand der Anzeige nicht beantwortet werden können, ins Deutsche übertragen und eine E-Mail an die zuständige Person bei Quad-Abenteuer *aufsetzen. Achte darauf, dass du alle Fragen ins Deutsche überträgst. Der Anfang und das Ende der E-Mail sind bereits vorgegeben und sprachlich eher informell. Du solltest in deiner E-Mail den informellen Sprachstil übernehmen, die zuständige Mitarbeiterin von* QuadAbenteuer *aber trotzdem siezen.*

a) On an island called Rügen. / On the island of Rügen, which is the largest German island. / On Rügen, an island in the Baltic Sea.

b) Yes, they do. They have a special route on the island. It goes across fields, along a river bed, through water and mud, over rough / rocky ground and over / along sandy beaches.

c) They say the weather is never a problem – not even snow (matters / prevents them from going on the tour).

d) You can get more details by emailing Marie at Info@QuadAbenteuer.com.

e) [...]
Können die Fahrer*innen einen Helm und Schutzkleidung bei Ihnen ausleihen, oder müssen sie sich selbst darum kümmern? Und muss sonst noch irgendetwas mitgebracht werden?
Finden die Touren täglich statt? Und um welche Uhrzeit starten sie? Wir machen nämlich in der Nähe von Rügen Urlaub und müssen meine Cousine erst dorthin fahren; von daher wäre eine Tour, die am Nachmittag stattfindet, wahrscheinlich praktischer.
In Ihrer Anzeige steht nichts darüber, was eine Quad-Tour kostet. Könnten Sie mir bitte noch den Preis mitteilen?
Da meine Cousine aus Australien kommt, spricht sie kein Deutsch. Ist das ein Problem?
[...]

Lösungen zum Bereich „Writing“

Hinweis: Für den Bereich „Writing“ ist es wichtig, dass du die Arbeitsschritte zum Verfassen eines Textes in Kapitel 4.1 des Trainingsbandes genau durchliest und dementsprechend arbeitest. Wenn du nach diesen Schritten vorgehst, wird es dir nicht mehr schwerfallen, einen guten Text zu schreiben. Beachte, dass es sich bei den Antworten zu den offenen Schreibaufgaben um Lösungsvorschläge handelt. Die Beispiellösungen können dir aber wertvolle Ideen für deine eigenen Texte liefern und dienen dir zur Kontrolle. Sind in den Lösungsvorschlägen Formulierungen enthalten, die du noch nicht kennst, markiere sie und übernehme sie in dein Vokabelheft oder Karteisystem.

Aufgabe 1

Hinweis: Mithilfe von Konjunktionen kannst du Sätze miteinander verknüpfen und nicht nur aneinanderreihen. Es ist hilfreich, wenn du sie mit Beispielsätzen lernst.

a) I took an umbrella with me this morning **because** it was raining.
b) **When** I'm 18 years old I will leave home.
c) I'd love to visit New York, **but** I don't have enough money.
d) Jack moved to another town **in order to** become independent.
e) Clara washes the dishes **while** she's talking to her best friend on the phone.

Aufgabe 2

Hinweis: Hier musst du dir die Sätze und den Aufbau des Textes genau ansehen, um den passenden Ausdruck einsetzen zu können: Geht es z. B. um eine Aufzählung, um eine Meinungsäußerung oder um eine abschließende Beurteilung?

Hi, my name is Amy, I am 16 years old and I love watching talent shows such as "The Voice". **In my opinion**, talent shows are great. **First of all**, they give people the chance to show their talent to a big audience. **Secondly**, these shows can also give them the chance to earn money with their music. **Another aspect is that** some young people are not very self-confident, **but**

when they are given the opportunity to be on stage and to get applause, their self-confidence can grow. **In addition to that**, people who make it to the finals get a lot of tips on how to find their own style.
Of course, **you could argue that** the fame and the money don't make anyone happy **and** that these shows are too much stress for young people, **but all in all I believe that** talent shows help the participants to develop their musical talents.

Aufgabe 3

Hinweis: Falls du Probleme hast, dich für eine Möglichkeit zu entscheiden, sieh dir die Wendungen zu Briefen und E-Mails in Kapitel 4.2 an. Überlege immer zuerst, ob du an diese Person einen persönlichen Brief schreiben würdest, weil du sie gut kennst, oder ob es sich um einen offiziellen Anlass handelt.

a) Hi Carlos,
Hinweis: Du kennst Carlos gut und schreibst ihm einen persönlichen Brief. Daher kommt von den drei Möglichkeiten nur „Hi Carlos," infrage.

b) Dear Ms Watson,
Hinweis: „Dear Sir/Madam," darfst du nicht verwenden, da du den Namen der Frau kennst. Nachdem du nicht weißt, ob sie verheiratet ist oder nicht, schreibst du „Ms".

c) Dear Sir or Madam,
Hinweis: In Briefen an eine Person, deren Namen man nicht kennt, schreibt man „Dear Sir or Madam," bzw. „Dear Sir/Madam,".

d) Dear Granny,
Hinweis: An deine Großmutter schreibst du natürlich einen persönlichen Brief. Von den angebotenen Optionen passt dazu nur „Dear Granny,".

Aufgabe 4

Hinweis: Auch für den passenden Abschluss von Briefen und E-Mails findest du die richtigen Wendungen in Kapitel 4.2. Es ist wieder wichtig, zwischen Personen, die du gut kennst, und Adressaten eines offiziellen Schreibens zu unterscheiden. Analysiere die Situationen in den Teilaufgaben a) bis d) sorgfältig, bevor du dich für eine Möglichkeit entscheidest.

a) Best wishes, Mike

Hinweis: Die beiden Brieffreunde kennen sich noch nicht so gut; um „Love" zu verwenden, müsstest du aber sicher sein, dass sich Carlos und Mike sehr nahe stehen – meist wird „Love" darüber hinaus unter Frauen verwendet. „Yours sincerely" ist zu förmlich. „Best wishes" passt daher am besten.

b) Yours sincerely,

Hinweis: „Love," und „Best wishes," sind in einer formellen E-Mail nicht angemessen.

c) Yours faithfully,

Hinweis: Wenn man den Adressaten nicht namentlich kennt, schreibt man in einem offiziellen Schreiben „Yours faithfully,".

d) Love,

Hinweis: Die einzig richtige Option für ein persönliches Schreiben ist hier „Love,".

Aufgabe 5

Hinweis: Im Fragebogen kannst du Antworten geben, die auf deinen Schulalltag und deine Schule zutreffen. In der Lösung findest du Vorschläge, wie du deine Antworten formulieren kannst. Beachte, dass man die Antworten in einem Fragebogen oder bei einer Umfrage knapp formulieren sollte.

PUPILS' SURVEY	
What year are you in?	☐ 5 ☐ 6 ☐ 7 ☐ 8 ☐ 9 ☒ 10
How do you get to school?	on foot / by bus / by train / by (motor)bike / by car / …
How long does it take you to get to school?	10 minutes / half an hour / one hour / …
What is your favourite subject?	Maths / Physics / English / History / …
What do you like about our school? Name two things.	• Our teachers are really fair. • There are a lot of sports activities.
What do you not like about our school? Name two things.	• Our school building is ugly. • The food in the canteen is not very tasty.

What do you think about the technical equipment?	It is not very modern. The PCs in the computer room seem to be from the last century.
What do you think about the sports facilities (gym, sports field)?	Our gym smells a little bit, but our new running course is fantastic.

Aufgabe 6

Hinweis: Auch hier sollst du einen Fragebogen ausfüllen. Neben der Abfrage persönlicher Daten werden auch offene Fragen gestellt, die du wieder kurz und knapp beantworten kannst.

GREEK NATIONAL TOURIST BOARD Tourist Survey	
FULL NAME:	Leonie Sommer
HOME ADDRESS:	Sommerfeldstraße 7 49716 Meppen Germany
E-MAIL:	Leonie@Sommer.de
AGE:	18
SEX: female	NATIONALITY: German
How did you get to Greece?	by plane/train/bus/car/ferry
Where are you staying?	in a hotel/holiday flat/in youth hostels/guest houses/with friends/on campsites/...
How long are you staying in Greece?	5 days/one week/two weeks/...
What do you like best about Greece?	the sun and the sea/friendly people/architecture/food/...
Could you also imagine travelling to Greece in winter? Why? / Why not? No, because I came here for the sun. / Yes, because I would love to see Greece when it is quiet and with fewer tourists.	

Aufgabe 7

Hinweis: In dieser Aufgabe sollst du deiner schottischen Tante, bei der du zu Besuch bist, eine Nachricht schreiben, in der du sie informierst, wohin du gehst, mit wem du unterwegs bist und wann du wieder zu Hause sein wirst. Da deine Tante nach der Arbeit immer hungrig ist, hast du ihr etwas gekocht. Erkläre ihr, welches Gericht du für sie vorbereitet hast.

Hi Auntie,

Lucy called and we decided to go to the swimming pool together. I hope that's OK. I'll be back at 3 p.m. at the latest. If you're hungry after work, please look in your fridge. I've prepared my favourite vegetarian curry for you. Enjoy!

See you later,
(your first name)

Aufgabe 8

Hinweis: Bei dieser Mail handelt es sich um eine Bewerbung auf eine Stellenanzeige. Achte daher auf eine höfliche Sprache und verwende keine Abkürzungen wie „I'm". Da keine Kontaktperson in der Anzeige genannt wird, kannst du die Formulierung „Dear Sir or Madam" verwenden. Beachte, dass du dann mit der Wendung „Yours faithfully" abschließen musst.

Dear Sir or Madam,

My name is ________, I am 16 and I am interested in the job at your dry cleaning shop. This June I finished school in Germany. Now I am staying in England for the summer holidays.
I would be suited for the job because I am reliable and hard-working. I also love being in contact with customers. Last year I worked in a bakery and my boss was very pleased with my work.
I look forward to hearing from you.

Yours faithfully,
(your first and last name)

Aufgabe 9

Hinweis: Hier geht es um einen Beitrag in einem Internetforum. Es geht um das Thema, ob man nicht auch schon mit 16 Jahren wählen dürfen sollte. Führe zuerst Vor- und Nachteile auf und vertrete zum Schluss auch deine eigene Meinung zu dem Thema.

Hi everyone,

You can only vote when you are at least 18, but there are younger teenagers who are interested in politics, too. Politicians would perhaps do more for young people if more teenagers had a say, and more teenagers were interested in politics. However, politics can still be too complicated for teenagers to fully understand. I think at 18 you are able to vote responsibly, but teenagers at ages 16 and 17 should be allowed to vote in local elections, for example, to get some democratic practice.

Aufgabe 10

Hinweis: Stelle dir vor, du besuchst gerade einen Freund in Nordengland. Über das Wochenende bist du alleine nach London gefahren und dein Freund hat dir seinen Reiseführer geliehen. Nun ist das Buch nicht mehr aufzufinden und du schreibst deinem Freund, was passiert ist. Lies die Arbeitsanweisung genau. Auch wenn das Wort „friend" geschlechtsneutral ist, so musst du hier einen männlichen Adressaten wählen, da in der Arbeitsanweisung von „he" die Rede ist.

Hi Jasper,

I'm having a fantastic time in London, but I lost your guidebook and I'm so sorry! I took it to the breakfast room this morning to plan my day and I must have left it on the table. When I realised that I had forgotten it, it was already too late – somebody had taken it!
Of course I'll buy you a new one, but if you prefer, I can also get you a travel guide for Ireland; I know that's where you're planning to go soon.

Let's talk tomorrow night.
(your first name)

Aufgabe 11

Hinweis: Achte genau auf die Anforderungen in der Aufgabenstellung. Du musst dich für eine der genannten Städte entscheiden und sagen, wann du dorthin fahren möchtest und welche Art von Zimmer du benötigst. Darüber hinaus sollst du noch nach dem Preis und der Lage des Hotels fragen und dich erkundigen, was das Hotel alles bietet.

Name: Benjamin Schneider
Email: benni@schneider.de
Subject: Trip to Edinburgh

Your message:
Dear Sir / Madam,

I saw your advertisement for city breaks online and I am interested in spending a weekend in Edinburgh. Do you still have a single room in one of your 3-star hotels for two nights on the second weekend in August?
Would it be possible for you to give me some information about what kind of facilities the different hotels offer? For me, the most important thing is that Wi-Fi access is guaranteed in the room and that the hotel is near the centre. Which hotel would you recommend and what would it cost?
Thank you for answering my questions.

Yours faithfully,
Benjamin Schneider

Aufgabe 12

Hinweis: Sich wie in Teilaufgabe a) selbst Fragen zu einem Bild zu stellen, ist eine gute Möglichkeit, Ideen für eine Fantasiegeschichte zu sammeln. Stelle dir vor, du bist ein Reporter oder eine Reporterin und möchtest über die Personen auf dem Bild schreiben. Welche Fragen müsstest du stellen? Hier gibt es natürlich sehr viele verschiedene Möglichkeiten.
Überlege dir im Anschluss jeweils eine Antwort auf die Fragen, die du zuvor gestellt hast. Hier sind deiner Fantasie keine Grenzen gesetzt. Die einzige Bedingung ist, dass du eine logische Erklärung für die Situation auf dem Bild geben musst. Es herrscht offensichtlich ein Konflikt zwischen dem Jungen und den restlichen Jugendlichen. In der Aufgabenstellung heißt es „Bullying?" Da hier eine Frage gestellt wird, liegt es ganz bei dir, ob es sich um Mobbing handelt oder die Situation einen anderen Hintergrund haben könnte.

Die Fragen und Antworten, die du gesammelt hast, sollen dir als Anregung dienen, du brauchst aber nicht alle Ideen für deinen Text verwenden.

a) *(possible questions)*
- What is the relationship between him and the other teenagers?
- Are they fighting about something that happened at school?
- Is / Was the boy in love with one of the people in the background?
- Is the boy a victim of bullying?
- What else is the boy wearing? Are they laughing at his trousers / shoes?
- What are the books and papers in the boy's hands about? Have they got something to do with the problem?

b) It's breaktime and Joe, the boy in the picture, has just run out of the big, white school building, firmly holding on to his black exercise book. It's one of the most precious things he owns, because it contains all the long letters he has ever written to Kaylee – and never given to her. How can he? Most of the time the other students make fun of him. He doesn't even know why the bullying started. All he knows is that it will get even worse, now that the whole school Facebook group has read his love letters to Kaylee. He doesn't dare turn around and look at her. The sneering look on her friends' faces would simply be too much.

Aufgabe 13

Hinweis: Überlege dir in Teilaufgabe a) mögliche Aktivitäten in San Francisco und sammle die jeweiligen Vorteile der beiden Unterbringungsmöglichkeiten in einer selbst erstellten Tabelle. Bezüglich der Aktivitäten kannst du dich von den Bildern in der Aufgabenstellung inspirieren lassen, oder aber eine andere Unternehmung vorschlagen. Was die Unterkunft betrifft, so kannst du entweder die Vorteile beider Möglichkeiten aufzählen und gegeneinander abwägen oder aber nur die Vorteile der einen Unterkunft nennen. Deine Entscheidung kannst du begründen, indem du z. B. einen Nachteil der anderen Unterbringungsmöglichkeit hervorhebst.

a) *(possible ideas)*

activities	• see Golden Gate Bridge • go on a cable car ride • visit Alcatraz • go to Fisherman's Wharf

sharing an apartment	• would be fun • cook together • spend free time together
host family	• hear correct English all day long • meet local people
preferred option	host family → disadvantage of sharing a flat: you don't speak to local people

b) Hi Fabio,

I can't wait to set out on our adventure. One thing I really would like to see is the Golden Gate Bridge. What about you?

I got the same e-mail about our accommodation. It would be great if we could stay together somewhere. Unfortunately, my parents don't like the idea of us sharing a flat with other students – with no adults around to keep an eye on us. I also think a host family might be a good choice. Maybe there'll be teenagers in the family and we'll make friends. And of course a host family would also be better to improve our English. Why don't we ask to be placed in the same family or in two families in the same neighbourhood?

Write soon,
(your first name)

Aufgabe 14

Hinweis: Sammle zuerst Ideen, bevor du mit dem Schreiben beginnst. Was könnte ein Außerirdischer über das Leben auf der Erde denken? Welche Probleme könnte er/sie bekommen? Nachdem im ersten Satz der Außerirdische in der ersten Person spricht („I … my …"), musst du auch den Rest der Geschichte aus dieser Perspektive schreiben. Du kannst selbst entscheiden, ob X23 erzählt, was ihm/ihr an diesem Tag passiert ist (also in der Vergangenheit), oder ob die Geschichte in der Gegenwart erzählt wird.

Hi, I'm X23 and it's my first day on planet Earth. I'm sitting in this kind of stone box together with my new friend Dylan. He calls it "my room" – whatever that means. I rolled around town all day exploring this place. There are so many weird things, such as people sitting around and putting things into holes in their faces – in public!! Crazy. Dylan explained that this is what people on Earth call "eating". I am so hungry, too! I really need some electricity soon. But I couldn't find a socket for my plug anywhere – you know, the usual one with eight holes. I'm so glad I met Dylan in this electronics shop. He took me to his "room" with all these cool gadgets. He says he can fix my problem in no time. I hope he's right – beep, beep, beeeeeeeeeeeeeep.

Aufgabe 15

Hinweis: Stelle dir vor, wie es dir gehen würde, wenn du eine Woche lang auf alle sozialen Netzwerke oder „messaging apps" verzichten müsstest. Könntest du leicht ohne Facebook, Instagram, Twitter, WhatsApp usw. auskommen? Wie würde es deinen Mitschülerinnen und Mitschülern ergehen? Am besten überlegst du dir als Vorbereitung für den Artikel mindestens einen Vorteil und einen Nachteil von sozialen Netzwerken. Dein Artikel sollte zusammenfassen, wie die Klasse diese Zeit ohne soziale Netzwerke erlebt hat.
Denk daran, dass ein Artikel auch eine Überschrift hat. Du kannst in diesem Fall „No social networks for a week" einfach aus der Aufgabenstellung übernehmen.

No social networks for a week
It's possible, but not for much longer than a week. That's the result of Year 10's media project.
It all started with Mr Shaw betting we couldn't survive more than a day without Facebook, Instagram, WhatsApp etc. We did, though, even for a whole week! It's amazing how much more free time we had. Many of us used it to meet with friends more often in person instead of chatting online. We also did some research about the dangers of social networks. Did you know that one in four teenagers has already been a victim of cyberbullying?
However, none of us could imagine giving up social networks altogether. They simply make our lives so much easier.
All in all, this week helped us think about the good and bad aspects of social networks. Try it for yourselves!

Aufgabe 16

Hinweis: Setze dich zuerst mit dem Material und der Aufgabenstellung auseinander. In deiner E-Mail musst du deutlich machen, wie enttäuscht du von der Leistung bist. Dafür schilderst du die Zustände im Hotel möglichst anschaulich. Stell dir vor, du hast wirklich deinen Urlaub in so einem Hotel(zimmer) verbracht. In dem Schreiben darfst du ruhig deinen Ärger ausdrücken, musst aber trotzdem höflich sein.

Subject: Complaint about the Atlantic Dream Hotel

Dear Ms Philips,

Your travel agency is very well rated in online travel forums and that is why I decided to book my holiday with your agency. I hoped that this would not only save time but that I would also get very good service, as you promise on your website that you "choose the hotels with great care" and "guarantee an extraordinary time". I have just got back from my holiday at Atlantic Dream Hotel and my stay was indeed extraordinary, but not in a good way.
When I entered the room, it was untidy and the bed was not even made. Instead of the promised sea view, I had to watch – and listen to – the workmen on the construction site. If you would like to have a look at my roommates, I have included a photo of the cockroaches.
I am deeply disappointed by your service and would like to ask for a refund.

Yours sincerely,
(your first and last name)

▶ Lösungen zum Bereich „Speaking“

Hinweis: Lies dir die Lösungsvorschläge zu den einzelnen Aufgaben aufmerksam durch und markiere dir hilfreiche Wendungen, die du für deine Antworten übernehmen kannst. Die Lösungsvorschläge sollen dir ein Anhaltspunkt sein, wie eine gute Lösung aussehen könnte. Lass dich also nicht verunsichern, wenn du bei der Bearbeitung der Aufgaben ganz anders formuliert oder andere Schwerpunkte gesetzt hast.

Aufgabe 1

Hinweis: Lege dir eine Mindmap an, in die du alles über deine Familie einträgst, was du auch in der Prüfung erzählen möchtest. Nimm dir am besten ein großes Blatt Papier, damit du genügend Platz hast, alle Ideen unterzubringen. So kannst du auch zu einem späteren Zeitpunkt weitere Aspekte ergänzen.
Du kannst z. B. mit den Namen und dem Alter deiner Eltern und Geschwister beginnen. Hier kannst du anschließen, ob du dich mit deinen Eltern und Geschwistern gut verstehst, worüber ihr euch streitet und welche Aktivitäten ihr gerne gemeinsam unternehmt. Du kannst auch auf das Aussehen oder die Hobbys der anderen Familienmitglieder eingehen. Außerdem bietet es sich an, euer Haus/eure Wohnung und euer Stadtviertel/Dorf zu beschreiben.
Darüber hinaus kannst du z. B. berichten, welche Berufe deine Eltern ausüben, und ob du/deine Geschwister einen Nebenjob hast/haben. Wenn du dich gut auskennst, kannst du auch Einzelheiten über den Beruf deines Vaters oder deiner Mutter erzählen.
Ein weiterer Anknüpfungspunkt sind vergangene Urlaube und Urlaubspläne. Auch deine Großeltern, entferntere Verwandte oder Haustiere kannst du in deine Ausführungen einschließen.

(example answer)

- sister / brother: Sabine, Leon
- dog: “Faya”
- mother: Elke, dietitian, 44
- father: Peter, own company / car dealer, 46
- activities together: shopping, cinema
- always fun to be with the whole family
- sometimes we argue, not often, parents strict
- jogging, swimming, going for a walk with the dog
- summer holidays: always in Spain (sunshine, beach, ice-cream …)
- …

Aufgabe 2

Hinweis: Um Sicherheit zu gewinnen, solltest du mithilfe deiner Mindmap regelmäßig üben. Sprich deine Antwort laut und gehe darin immer wieder auf unterschiedliche Aspekte ein. So bist du bestens auf mögliche Fragen deiner Englisch-Lehrkraft vorbereitet.
*Wenn möglich, solltest du auch vor „Publikum“ üben, um die Prüfungssituation zu simulieren. Auf diese Weise baust du Hemmungen ab und bekommst hilfreiches Feedback zum Aufbau und Inhalt deiner Antwort, zum Sprechtempo, zu Gestik und Mimik sowie zum Gebrauch von Grammatik und Wortschatz. Versuche, die Aufmerksamkeit deiner Zuhörer*innen aufrechtzuerhalten, indem du immer wieder Blickkontakt mit ihnen aufnimmst.*

(example answer)

Teacher: *Tell me something about your family.*

You: *Well, in my family, there are* my sister and brother. Their names are Sabine and Leon. Sabine is one year younger than I am and Leon is our older brother. He’s 19 years old. There are my parents, of course. Their names are Elke and Peter and they’re 44 and 46 years old. We’ve had a dog for four years; her name is “Faya”.

I get along well with my parents and my siblings most of the time, but sometimes we argue, too. My parents are quite strict and sometimes they don’t allow me to go out. They always want to know where I go and who I spend my time with, which gets on my nerves. When I have an argument with my brother or sister, we usually don’t stay angry for long.

At the weekends, my family sometimes go shopping or to the cinema together. That's fun!
My brother Leon plays football. He's very good at it and loves it. I, on the other hand, find football boring. I'm generally not so interested in team sports. I prefer jogging, swimming or going for a long walk with our dog.
My family lives in a flat in Hanover. My brother still lives with us, but he's planning to move out soon. I like our flat very much, although Sabine and I have to share a room, because there is not so much space. We live near the city, so everything, for example the shops, is really close, which is quite handy.
Our flat's in a big block of flats. Our neighbours are all very friendly, but sometimes the family that lives next door gets on my nerves because they are very noisy. It's really annoying when you want to sleep, relax or when you have to study for school.
My dad has got a company that sells cars. My mother used to be a stay-at-home mum when we were younger, but now she's back in her job. She works part-time as a dietitian in a health clinic, where she advises the patients on how to lead a healthy lifestyle. Apart from that, she sometimes helps out in the office of my dad's company. So she's always very busy.
Almost every summer, we go on holiday to Spain for two weeks. Two years ago, we visited the South of Spain, but this year we want to go to Mallorca if possible. I'm really looking forward to our trip. The sun nearly always shines, the beaches are great and I can eat lots of ice-cream.

Aufgabe 3

Hinweis: Bilde (am besten zusammen mit einem Mitschüler oder einer Mitschülerin) anhand der Stichpunkte auf den Rollenkarten Fragen und Antworten für das Verkaufsgespräch. Achte auf einen logischen Gesprächsaufbau.

(example dialogue)

Candidate B: Hello, how can I help you?

Candidate A: Are there still tickets for "The Royal Family"?

Candidate B: Yes, there are. How many would you like to have?

Candidate A: Three, please.

Candidate B: The tickets for the back rows are £ 6 each, the tickets for the front rows £ 4. Which tickets would you like to have?

Candidate A: I'd like to have the front row tickets for £ 4, please.

Candidate B: Do you have student ID? Tickets for students are £ 1 cheaper.

Candidate A: Oh no, what a shame! We're all students, but we didn't bring our student IDs with us.

Candidate B: I'm so sorry, but I can't give you the cheaper tickets.

Candidate A: That's OK.

Candidate B: Here you are. That's £ 12 ... Is there anything else I can do for you?

Candidate A: Yes, please. What time does the film end?

Candidate B: The film ends at quarter to nine.

Candidate A: I see. One more thing: Where can we buy some popcorn and something to drink?

Candidate B: At the bar over there. And if you want to buy a film poster, you can get it at our little cinema shop.

Candidate A: All right, but I don't think we'll buy a poster. Thanks anyway.

Candidate B: Bye.

Aufgabe 4

(example answer)

Teacher (to Candidate A): *Describe the picture, please.*

Candidate A: In the picture I can see two people who are sitting in front of a computer screen. They seem to be in a computer room at school, or in an office, because in the background you can see another computer screen. Although they're in a computer room, I don't think the man is a teacher. In my opinion, he's the girl's father. The blond girl, who is probably ten years old, and the man aren't happy at all. You can see from the expression on their faces that they are rather frustrated. I believe that there's something wrong with the computer.

Last week, something similar happened to me. I was preparing a presentation for school when suddenly my computer crashed. The screen went blank and I couldn't turn the computer back on. I was really nervous, because I had worked for hours and the presentation was the next day. Luckily, my father was home. He called a friend of his, who is a computer expert. He came to our house and managed to repair the computer quickly. After that, everything was OK.

Teacher: I hope your presentation was successful. Now let's go back to our photo here. What will happen next?

Candidate A: Well, I believe that the man will try a few things to get the programme running again. After that, I think they'll switch off the computer and try to work on the other computer, which we can see in the background.

Teacher: Why are they sitting at the computer?

Candidate A: It's possible that the girl has to do some research for a presentation. Or maybe she has received a bad mark in a subject and now has to do some exercises online. No matter the reason, she's definitely not motivated. I'd say she looks sad and disappointed.

Teacher: Thank you. Can I have the papers back, please.

Aufgabe 5

(example answer)

Teacher (to Candidate B): *Describe the picture, please.*

Candidate B: In the picture I can see five children. There are three girls and two boys. I expect that they're ten or eleven years old. I believe that they're at school, because the blond girl in the foreground is sitting at a typical school desk. The other four children are sitting on their desks. One boy is sitting on the left of the photo, whereas the other boy is sitting on the right. The two girls in the background seem to be whispering something. The girl in the centre is looking away from her classmates.

Teacher: Thank you. What could the children be talking about?

Candidate B: I think the two girls in the background are talking about the girl in the foreground. The girl in the centre looks unhappy and sad. Maybe she has had an argument with the other girls, or the other girls are bullying her for some reason. The boys seem to know that something is going on. They are looking at the scene without doing anything. They don't join in the bullying, but they don't help the bullied girl either.

Teacher: Alright. What might happen next?

Candidate B: Well, I hope that the boys will soon have had enough and tell the two bullies to stop. It would be nice if they walked over to the girl, talked to her and showed her that she isn't alone.

Teacher: Thank you. Do you know anyone who has been in a situation like this?

Candidate B: I'm so glad that I have never been in such a situation, but one of my friends has. Fortunately, his teachers soon found out that he was being bullied by some of his classmates and took action. They talked to the bullies and to the class and now everything is all right.

Teacher: Thank you so much for sharing all this with us. Can I have the papers back, please.

Aufgabe 6

Hinweis: Hier sollt ihr gemeinsam einen Dialog entwickeln. Eure Schule hat 2,500 € für wohltätige Zwecke gesammelt. Eure Aufgabe ist es, euch auf eine (oder mehrere) Organisationen zu einigen, der bzw. denen ihr das Geld spenden wollt.
Ihr könntet in eurem Gespräch auf die Wichtigkeit jeder Wohltätigkeitsorganisation und deren Vor- oder Nachteile eingehen sowie eure persönliche Meinung begründen. Darüber hinaus könntet ihr die Frage diskutieren, ob es besser ist, lokale oder weltweite Organisationen zu unterstützen. Zudem könntet ihr besprechen, ob es sinnvoll ist, den Betrag auf mehrere Hilfsorganisationen aufzuteilen.
Da die prüfende Lehrkraft bei diesem Teil des „oral exam" in der Regel nicht eingreift, müssen die Prüflinge das Gespräch selbst aufrechterhalten. Bleibe ganz konzentriert, damit du spontan und angemessen auf die Äußerungen deines Gegenübers reagieren kannst. Am Ende solltet ihr zu einer Einigung kommen.

(example answer)

Teacher: *At our summer party last year the school raised €2,500 to give to a charity. Which charity do you think we should give it to? Here are some we have selected, but of course you may have other ideas, too. Discuss carefully the reasons for and against each charity and try to come to a decision about what to do with the money.*

Candidate A: € 2,500 is a lot of money. I think we should choose the right organisation carefully.

Candidate B: You're absolutely right. What about sponsoring children in the developing world? We could donate money so that these children can buy school books and go to school. Or we could support a charity that wants to increase AIDS awareness. I believe that AIDS is not talked about enough. Many young people don't seem to take the disease seriously.

Candidate A: Those are good ideas, but don't you think it would be better to support a local charity? We would know how our money is spent and maybe we could even go there and see for ourselves?

Candidate B: You're right. That's an aspect I hadn't thought about; I totally agree. What about the local animal hospital? I know for a fact that they are in need of a lot of money, because their buildings have to be renovated.

Candidate A: That would be an option, but I'd still prefer something to do with children or the environment. We could give the money to the new kindergarten in town, for example. They still need equipment for their playground and lots of toys. Or we could support "Green", which is the new environmental group here in town.

Candidate B: I'm sorry, but I'm against supporting Green – the group has just been founded and they don't seem to be very organised at the moment. I fear they'd waste our money. However, I think your idea to donate money for the kindergarten is fantastic.

Candidate A: You really think so? Great. So our suggestion is to give the money to the kindergarten. I'm really keen to find out which charity the other pupils choose.

▶ Lösungen zu den Original-Prüfungsaufgaben

E-Kurs

I. Listening

Hinweis: In deiner Abschlussprüfung hörst du alle Texte zweimal direkt hintereinander. Bleib ganz entspannt, wenn du beim ersten Hördurchgang noch nicht alle relevanten Details verstanden hast bzw. noch nicht alle Aufgaben lösen konntest. Konzentriere dich einfach beim zweiten Hören auf die gefragten Informationen.

Part 1

Hinweis: Im ersten Teil des „listening exam" hörst du ein Beispiel, gefolgt von sieben weiteren kurzen Texten. Deine Aufgabe ist es, aus drei Antwortmöglichkeiten das jeweils passende Bild zu den Texten auszuwählen. Lies dir vor dem ersten Hören die Fragen in Ruhe durch und sieh dir auch die Bilder an.

0. C
   Hinweis: "Hm, maybe something to kill the time at the airport. – Yes. That's a good idea. I'll stop by the newsagent's." (Z. 3–5)
   Bei „newsagent" handelt es sich um ein Zeitschriftengeschäft.

1. B
   Hinweis: Du musst genau zuhören, denn alle drei Straßen werden genannt, jedoch gibt es nur auf einer Straße keine Behinderungen in Richtung London: "Our advice is to get off at junction five and take the A41." (Z. 4)

2. A
   Hinweis: Obwohl die Dame ursprünglich ein anderes Gericht bestellen wollte, entscheidet sie sich letztendlich für die Empfehlung des Kellners ("Let me tell you, the ribeye steak is awesome.", Z. 1/2) und nimmt ein Steak: "I think I'm going for your recommendation." (Z. 5)

3. C
   Hinweis: "Well, with 'Cal-Export', you can print your calendar so that you put it on your wall […] – […] That's what I was thinking of." (Z. 6–8)

4. C

   Hinweis: Eine Schiffsreise kommt nicht infrage, weil die Frau seekrank wird. Nach dem Witz des Mannes, dass sie mit einer Rakete reisen könnten, stimmt er einer Flugreise zu: "All right, then. But I'll tell the pilot to try and fly as fast as one." (Z. 7)

5. C

   Hinweis: Um auf die richtige Lösung zu kommen, helfen dir in diesem Fall die Hintergrundgeräusche. Darüber hinaus kannst du auch über das Ausschlussverfahren vorgehen: Als die Kundin mit Bargeld bezahlen möchte, antwortet der Verkäufer: "I'm sorry, we're cash free." (Z. 3) Da sie jedoch ihre Karte vergessen hat ("Shoot, I don't have a card with me.", Z. 4), bleibt nur Wahlmöglichkeit C übrig – die Bezahlung per Handy-App.

6. B

   Hinweis: Die Kundin braucht eine Briefmarke für eine Postkarte nach Deutschland. Somit ist B die richtige Lösung: "75 [is] for <u>international</u> postcards [...]" (Z. 4)

7. C

   Hinweis: Am Ende des Gesprächs sagt der Junge, was er wirklich gerne mit seiner Familie unternehmen möchte: "It's the last chance to see In the Dark Light *on the big screen. So we don't actually have a choice, Mom." (Z. 7/8) Der Ausdruck „on the big screen" bedeutet „im Kino". Wahlmöglichkeit C ist somit richtig.*

Part 2

Hinweis: Du hörst ein Gespräch zwischen dem wohnungssuchenden Peter Schmidt und einer Immobilienmaklerin. Wähle das jeweils richtige Satzende aus.

8. c)

   Hinweis: Gleich zu Beginn des Gesprächs erfährst du, dass es sich um eine offene und voll ausgestattete Küche auf dem technisch neuesten Stand handelt: "This is the spacious living area with a modern open kitchen to our left. It has all the latest appliances." (Z. 3–5)

9. b)

   Hinweis: Die Wohnung ist möbliert, technische Geräte sind allerdings nicht vorhanden. Wenn Peter die Wohnung bekommt, kann er sein Sofa jedoch mitbringen: "If you want to bring your own couch, you'd have to store this one away." (Z. 10)

10. c)

    Hinweis: "And over there is a laundry room for your clothes. It has a dryer, too." (Z. 17/18) Das Nomen „laundry" bedeutet „Wäsche". Solltest du es nicht kennen, helfen dir aber die Wörter „clothes" und „dryer" („Wäschetrockner") weiter, um die richtige Lösung zu finden.

11. b)

    Hinweis: Die Miete muss monatlich gezahlt werden, enthält aber keine Nebenkosten: "You pay [the rent] at the beginning of the month. Then there are the additional costs for maintenance, electricity and so on. [...] Internet and cable are not included." (Z. 20–23)

12. a)

    *Hinweis: Peter scheint nicht der einzige Bewerber für die Wohnung zu sein, sodass der Vermieter („landlord") den neuen Mieter oder die neue Mieterin („tenant") aus der Gruppe der Bewerber*innen auswählen kann: "The landlord wants to choose his new tenant in about two weeks [...]" (Z. 25/26). Der Einzug ist erst zu einem späteren Zeitpunkt möglich.*

13. c)

    Hinweis: "[...] please make sure to get your form to our office by Friday." (Z. 31) Die Zeitangabe „by Friday" bedeutet „bis spätestens Freitag". Das Bewerbungsformular muss somit vor dem Wochenende eingegangen sein.

Part 3

Hinweis: Du sollst hier eine Tabelle mit Informationen aus dem Hörtext ergänzen. Rechtschreibfehler werden nicht gewertet, solange die Bedeutung eines Wortes eindeutig erkennbar ist und keine Missverständnisse aufkommen können.

0. Power Skates

   Hinweis: In der Werbeanzeige fällt der Name des Produkts an zahlreichen Stellen, wie z. B. hier: "Then this dream is about to come true with Power Skates [...]" (Z. 2/3).

14. (a) (rechargeable) battery / electricity
    Hinweis: "Power Skates are skates powered by a rechargeable battery." (Z. 4) Dass es sich bei der Batterie um eine wiederaufladbare Batterie handelt, muss nicht unbedingt erwähnt werden.

15. up to 6 / six miles
    Hinweis: Um hier auf die Lösung zu kommen, musst du wissen, dass sich „range" auf die Reichweite bezieht, die die Power Skates mit einer voll aufgeladenen Batterie haben: "You can go up to six miles on a single charge." (Z. 7/8)

16. (by) app / (video) tutorial / with the help of a (video) tutorial (on the app)
    Hinweis: "Our free app offers a great video tutorial for you to learn how to ride your Power Skates safely." (Z. 9–11)

17. 15 miles an hour / mph
    Hinweis: "[...] you are able to go full speed at 15 miles an hour." (Z. 12/13)

18. remote control / controller
    Hinweis: "Your [...] Power Skates come [...] with a super precise remote control. That's what you use to control your Power Skates: speed and light." (Z. 14–16)

19. 349 dollars / $ 349
    Hinweis: "You'll get your Power Skates for only 349 dollars." (Z. 21/22)

20. safeandfun21 / safe and fun 21
    Hinweis: Der Ausdruck „coupon code" aus der Aufgabenstellung bedeutet dasselbe wie „voucher code" im Text: "The voucher code is 'safeandfun21'. I'll say it again: 'safeandfun21'". (Z. 23) Solche Gutscheincodes enthalten in der Regel keine Leerzeichen. Um den Punkt zu bekommen, ist es aber egal, ob du die Wörter zusammen- oder auseinanderschreibst.

Part 4

Hinweis: In dieser Radiosendung wird der amerikanische Schüler Noah Clarkson interviewt. Entscheide, ob die Aussagen zum Text richtig oder falsch sind.

0. false

   Hinweis: Emily Sanders ist die Radiomoderatorin, die Noah Clarkson interviewt, der gerade ein Austauschjahr in Deutschland verbracht hat (vgl. Z. 1–3).

21. false

   Hinweis: Noahs Urgroßvater stammt zwar aus Deutschland, ist aber in die USA ausgewandert: "I decided to go to Germany because my great-grandfather immigrated from there." (Z. 7/8) Diese Aussage ist somit falsch.

22. false

   Hinweis: Genau das Gegenteil ist der Fall: "I love public transportation there." (Z. 11)

23. true

   Hinweis: Noah ist begeistert, dass man von Deutschland aus schnell in andere europäische Länder reisen kann: "You hop on a plane or train and within a few hours you're in another great place in Europe. I <u>went to Lisbon</u> in two and a half hours or so." (Z. 20–22) Lissabon, die Hauptstadt Portugals, heißt auf Englisch „Lisbon".

24. true

   Hinweis: Noah findet das deutsche Essen „superb" (Z. 25): "Here in America, the food is so oily and has chemicals in it, I think. In Germany, I eat and I feel fit afterwards." (Z. 27/28) Amerikanisches Essen ist also seiner Meinung nach weniger gesund.

25. true

   Hinweis: Noah hat den Eindruck gewonnen, dass viele Deutsche zuerst einmal zurückhaltend (= „reserved") zu sein scheinen: "Germans seem kind of cold at first. But once you get past that first wall of cold [...] " (Z. 32/33)

26. false

   Hinweis: Noah bekommt Besuch aus Deutschland: "[...] my host brother and a friend are coming to visit me over summer." (Z. 38/39)

II. Reading

Hinweis: In diesem Prüfungsteil wird dein Leseverständnis überprüft. Da du hier die Möglichkeit hast, die Texte so oft wie nötig durchzulesen, werden genauere Details abgefragt als in den Aufgaben zum Hörverstehen. Es ist hilfreich, wenn du relevante Textstellen farbig markierst, um später direkt darauf zurückzukommen.

Part 1

Hinweis: Dir liegen vier kurze Texte vor, die inhaltlich nichts miteinander zu tun haben. Zu jedem Text gibt es mindestens eine Aussage. Deine Aufgabe ist es, zu entscheiden, ob die Aussagen richtig oder falsch sind. Beachte, dass die Aussagen nicht der Reihenfolge der Texte entsprechen. Arbeite deshalb ganz konzentriert und lies die Texte und Aussagen besonders aufmerksam durch.

1. false
   Hinweis: George hat unter der Woche nur nachmittags Zeit: "Weekdays from 5–7 pm" (Text 3)
2. false
   Hinweis: "Experience and qualifications favored, but not needed." (Text 1)
3. true
   Hinweis: Der Ausdruck „(to) read music" in der Aufgabenstellung bedeutet „Noten lesen". Eine Person, die sich mit Musiktheorie auskennt, kann auch Noten lesen. Somit ist die Fähigkeit, Noten lesen zu können, eine Voraussetzung dafür, um in die Band aufgenommen zu werden: "Understanding of music theory required." (Text 4)
4. true
   Hinweis: "Our letter box is still cleared daily." (Text 2)
5. true
   Hinweis: Die Bandproben finden einmal wöchentlich statt: "Rehearsals: Every Wednesday at 9 pm [...]" (Text 4)
6. false
   *Hinweis: Die Bezahlung hängt von der Qualifikation der Bewerber*innen ab: "Pay: up to $ 30 per hour depending on qualifications" (Text 1)*

Part 2

Hinweis: In diesem Interview mit der Umweltaktivistin Charlene Rocha sind die Fragen und Antworten durcheinandergeraten. Deine Aufgabe ist es, zu den Fragen die jeweils passende Antwort zu finden. Beachte, dass es zu einer Frage keine passende Antwort gibt.
Gehe am besten folgendermaßen vor: Lies dir zuerst die Fragen A–H aufmerksam durch und markiere Schlüsselwörter. Lies dann die Textabschnitte 7–13 und überlege, welcher Absatz am besten zur jeweiligen Frage passt. Kannst du Schlüsselwörter aus den Fragen in den Antworten wiederfinden? Wörter, die sowohl in der Frage als auch in einem der Textabschnitte vorkommen, können ein Hinweis darauf sein, dass du eine richtige Paarung gefunden hast. Bedenke, dass auch Synonyme, also Wörter mit einer ähnlichen Bedeutung, verwendet werden können. Du solltest am Ende jedoch alle Zuordnungen noch einmal überprüfen und dich nicht ausschließlich auf Schlüsselwörter verlassen.

7. D

   Hinweis: In dieser Antwort geht es um die vielen weiteren Aspekte, die die Arbeit von Charlene Rocha als Aktivistin umfasst: "There are so <u>many more components</u> to it […]. We held a protest […] but behind-the-scenes there were many more hours of <u>emailing, discussions, writing and researching</u>!"
   → Question D: <u>Besides</u> protests and giving speeches, <u>what else</u> is there to activism?

8. C

   Hinweis: Das Schlüsselwort, das sowohl in der Frage als auch in der Antwort vorkommt, ist „first". Darüber hinaus wird sowohl in der Antwort als auch in der Frage „simple past" verwendet. Du siehst also, dass du auf diese Weise die Zahl der möglichen Zuordnungen bereits eingrenzen kannst: "The <u>first</u> time I <u>learned</u> about it was through a speaker that came to my school."
   → Question C: When <u>did</u> you <u>first become aware</u> of environmental activism?

9. E

   Hinweis: In der Antwort werden zahlreiche Beispiele gegeben, wie sich Charlene in ihrer Freizeit entspannt: "<u>I go on hikes</u> with my friends, <u>rollerblade</u> with my sister, <u>take</u> my dog for <u>long walks</u>, and <u>swim</u> at the beach."
   → Question E: What do you do to <u>relax</u> and wind down?

10. H

✎ *Hinweis: Das Verb zu Beginn der Antwort („Find") steht in der Befehlsform. Du siehst also, dass Charlene jemanden auffordert, etwas zu tun. Darüber hinaus kommt in der Antwort der Ausdruck „a great way" vor, der eine ähnliche Bedeutung hat wie „great (first) step" in der Frage: "Find a cause that you are passionate about and research it! [...] Whether it's reading a book, or listening to the news, knowing about these issues is a great way to get involved [...]"*
→ Question H: What is a great first step for kids to make activism a part of their lives?

11. A

✎ *Hinweis: In dieser Antwort geht es um die Gefühle, die Charlene hatte, als sie im Alter von 13 Jahren auf einer* FridaysForFuture-*Veranstaltung eine Rede hielt. Der Ausdruck „rush of emotions" passt somit zur Frage „What did it feel like [...]?". Auch das Nomen „speech" in der Antwort und das Verb aus derselben Wortfamilie in der Frage („speaking") passen zusammen.*
→ Question A: What did it feel like speaking at a FridaysForFuture *event when you were 13?*

12. B

✎ *Hinweis: Auch hier kommen noch einmal „speeches" in der Antwort und „speaking" in der Frage vor. Du siehst also, dass du dich bei der Zuordnung nicht ausschließlich auf Schlüsselwörter verlassen darfst, sie sind aber dennoch ein guter Hinweis darauf, welche Abschnitte passen können. Im Gegensatz zu Frage A ist Frage B im „simple present" gestellt und das Verb „handle" kommt wortwörtlich sowohl in der Frage als auch in der Antwort vor: "Sometimes I get nervous, forget what to say, and make mistakes. [...] The way that I've learned to handle speeches is by reminding myself that it's just a speech."*
→ Question B: How do you handle speaking in front of a large crowd?

13. F

✎ *Hinweis: Das Verb „(to) fight for" kommt sowohl in der Frage als auch in der Antwort vor: "Everything is connected. [...] in addressing one issue, you are fighting for another one as well."*
→ Question F: Why do you fight for so many things at once?

Part 3

Hinweis: Dieser Text handelt vom erhöhten Schlafbedarf von Teenagern. Finde zu allen Satzanfängen das jeweils passende Satzende.

14. b)

    Hinweis: "As puberty begins, bedtimes and waking times get later." (Z. 1/2)

15. c)

    Hinweis: "This means that for a teenager, a 7 am alarm call is the equivalent of a 5 am start for a person in their 50s." (Z. 5/6)

16. b)

    Hinweis: Im Text steht nicht, wann die Eltern der Teenager zu Bett gehen und dass die Jugendlichen von ihren Smartphones geweckt werden. Der Grund, warum junge Menschen oft zu wenig schlafen, ist vielmehr, dass ihnen ausreichender Schlaf unwichtig erscheint: "[...] a general disregard for the importance of sleep [...]" (Z. 8/9) Das Nomen „disregard" bedeutet „Missachtung" oder „Gleichgültigkeit".

17. a)

    Hinweis: "Sleep scientists have shown that teenagers need about nine hours a night to maintain full alertness and academic performance." (Z. 13/14)

18. b)

    *Hinweis: Einige amerikanische Schulen haben den morgendlichen Schulbeginn auf eine spätere Uhrzeit gelegt mit der Folge, dass sich neben den besseren Leistungen auch die Anwesenheit der Schüler*innen erhöht hat: "An analysis found that academic performance was enhanced, as was attendance." (Z. 19/20)*

19. b)

    Hinweis: "Ensure the bedroom is a place that promotes sleep – dark and not warm – don't look at electric screens for at least half an hour before trying to sleep and avoid bright lights." (Z. 27–29) Da sich das von Bildschirmen ausgestrahlte Licht negativ auf den Schlaf auswirkt, sollte man vor dem Einschlafen z. B. nicht mehr auf das Smartphone schauen.

Part 4

Hinweis: Denke bei diesem Aufgabenformat daran, auch die richtigen Zeilenangaben aufzuschreiben. Nur wenn die Zeilenangaben stimmen, erhältst du jeweils den Punkt.

0. true – line 1
   Hinweis: "Sprinter Dutee Chand is India's national champion […]"

20. false – lines 1–3 **or** lines 2/3
   Hinweis: "Sprinter Dutee Chand […] became only the <u>third Indian woman</u> to qualify for the women's Olympic 100 m."

21. true – line 9
   Hinweis: "I train six times a day."

22. false – lines 10/11
   Hinweis: "Last year, Dutee clocked her career-best time at 11.22 seconds."

23. false – line 12
   Hinweis: "[…] her sister […] was a state-level runner."

24. true – lines 15–17
   Hinweis: "I had no running shoes and no money to buy any. […] So I started running alone in my village, barefoot […]"

25. true – lines 22–24
   Hinweis: "Then, in 2014, she was accused of doping because the level of male hormones in her blood was higher than normal. Therefore, she was excluded from participating in the Commonwealth Games."

26. true – lines 29–31
   Hinweis: "But her biggest success so far came in 2018 during the Asian Games when Dutee won two silver medals in the 100 and 200 meters."

III. Writing

Hinweis: Im „Writing"-Teil kannst du zwischen zwei Aufgabensets auswählen. Nimm dir ausreichend Zeit, alle Aufgabenstellungen durchzulesen und zu entscheiden, welches Aufgabenset dir besser liegt. Mache dir am besten auf dem Konzeptblatt Notizen oder lege Mindmaps an, bevor du die Texte ausformulierst. Wichtig ist, dass du dir am Ende deine Texte noch einmal durchliest und sie in inhaltlicher und sprachlicher Hinsicht überprüfst. Kontrolliere, ob du auf alle in der Aufgabenstellung geforderten Aspekte eingegangen bist, und verbessere sprachliche Fehler. Halte dich in etwa an die vorgegebene Länge der Texte, um Punktabzug zu vermeiden.

Writing – Set I
Part 1 – Feedback: London City Tour

Hinweis: Du hast an einer Stadtführung in London teilgenommen und die Führung anschließend online bewertet.
Schreibe rund 80 Wörter und verwende am besten konkrete Beispiele, um deine Bewertung so anschaulich wie möglich zu machen. Arbeite folgende Punkte in deinen Text ein und berücksichtige dabei die Anzahl der vergebenen Sterne:

- *hohes Maß an Freundlichkeit des Stadtführers oder der Stadtführerin (4 von 4 Sternen)*
- *recht hoher Unterhaltungswert der Führung (3 von 4 Sternen)*
- *Vermittlung interessanter Informationen (4 von 4 Sternen)*
- *mäßige Auswahl an Sehenswürdigkeiten (2 von 4 Sternen)*
- *recht zufriedener Gesamteindruck (3 von 4 Sternen)*

Es gibt insgesamt 10 Punkte. Halbe Punkte werden nicht vergeben.

Lösungsvorschlag

I took part in the "London City Tour" on a red double-decker bus. The tour guide was very friendly and super funny, so the tour was quite entertaining. We were also given tonnes of interesting information about the history of the sights we saw. However, we only went to the Tower of London, Buckingham Palace and St Paul's Cathedral, so I would have appreciated to be shown more. All in all, I can recommend this tour if it's your first time in London.

Marie from Hanover, Germany *(87 words)*

Part 2 – An E-Mail: International School Competition

Hinweis: Hier verfasst du eine E-Mail im Umfang von rund 150 Wörtern. Du sollst an die Organisation Schools United schreiben und diese überzeugen, wie du mit einem Preisgeld von 50.000 $ deine Schule verbessern würdest.
Folgende Punkte sollst du in deinem Text erwähnen:

- *eine kurze Vorstellung deiner Schule*
- *was verbessert werden soll*
- *wofür du das Geld ausgeben würdest*

Hier wird bei der Beurteilung deines Textes zwischen Inhalt und Sprache unterschieden. Du kannst maximal 9 Punkte im inhaltlichen Bereich und 9 Punkte für die sprachliche Leistung erlangen.

Lösungsvorschlag

To: competition@schoolsunited.com
Subject: $ 50,000 for my school

Dear Schools United,

I go to the "Goethe-Schulzentrum" in Germany. There are about 1,000 students and 120 teachers at my school. Although it is a big school, our school family is close-knit and students and teachers like studying and working there. However, the building is from the 1960s, so the facilities are very old and in desperate need of repair. The restrooms in particular should be renovated!
Apart from that, we would need money to update our gymnasium and some of the classrooms. I believe that being able to learn in a more modern environment with up-to-date technical equipment would lead to more motivation.
If we won the competition, I would also like to make our schoolyard greener: we could plant flowers and trees, and even put some benches below the trees to sit on during breaks or outdoor lessons.
Your prize money would help us a lot to improve our school and we would be very grateful if we won.

Best regards,
Mark Müller (Goethe-Schulzentrum, Germany) *(164 words)*

Writing – Set II

Part 1 – A Report: Stolen Bike

Hinweis: Hier sollst du einen kurzen Bericht für die Polizei verfassen, da dein Fahrrad gestohlen wurde. Achte also auf eine sachliche und neutrale Sprache. Folgende Punkte sollst du in deinem Text berücksichtigen:

- *wo und wann du dein Fahrrad abgestellt hast*
- *eine detaillierte Beschreibung deines Fahrrads*
- *ob dein Fahrrad registriert und abgeschlossen war*

Es gibt insgesamt 10 Punkte. Halbe Punkte werden nicht vergeben.

Lösungsvorschlag

My racing bike was stolen last Saturday morning, 2nd September. I had parked it at around 11 a.m. at the train station near the main entrance.

My bike has a dark blue frame with light blue stripes and white wheels. It's got a big aluminium bell with my initials engraved on it.

As I only bought it two weeks ago, it has not been registered yet. However, it was locked properly to the bike rack with a very secure bike lock.

Joe Miller *(83 words)*

Part 2 – A Blog Entry: My Trip to Mars

Hinweis: Hier sollst du einen Blog-Eintrag über eine Reise zum Planeten Mars im Jahr 2050 in rund 150 Wörtern schreiben. Folgende Aspekte sollten in deinem Artikel enthalten sein:

- *wie du zum Mars gereist bist und wie die Reise war*
- *eine Beschreibung des Lebens auf dem Mars*
- *was du dort vermisst hast und was du nun auf der Erde vermisst*

Hier wird bei der Beurteilung deines Textes zwischen der inhaltlichen und der sprachlichen Leistung unterschieden. Du kannst maximal 9 Punkte im inhaltlichen Bereich und 9 Punkte für die sprachliche Leistung erlangen. Verwende gerne Fachbegriffe, die du aus dem Unterricht kennst.

Lösungsvorschlag

My trip to Mars

I've just come back from my trip to Mars and would like to tell you about it.
I travelled by rocket and the trip took about seven months one way. Being trapped in a small space for such a long time was a challenge, I can tell you! The whole trip was dangerous and nerve-wracking, but worth it. Being weightless in space and trying to eat was fun, but after a few weeks, I just wanted to arrive.
Life on planet Mars is very different to life on Earth: there is endless space with no human soul around. The temperature is freezing and you need to wear protective gear all the time when you leave the research station.
During my stay, I missed my family and friends desperately. However, now that I'm back in my city, I sometimes miss the solitude and the simple way of life. It was the experience of a lifetime, but I wouldn't like to go again.

(161 words)

G-Kurs

I. Listening

Part 1

0. C
   Hinweis: "What's this: Cro – hip hop from Germany." (Z. 8) – "I've heard about him. So, let's check it out." (Z. 9)

1. C
   Hinweis: "[…] on Tuesdays. No sorry – on Thursdays from […]" (Z. 8/9)

2. A
   Hinweis: "OK. Sounds good. Let's go and watch Midnight Moon*." (Z. 6)*

3. A
   Hinweis: "I'll go for the steak." (Z. 5) – "I'd like the Thai chicken and rice, please." (Z. 6)

4. B
   Hinweis: "I can't stop coughing, it really hurts." (Z. 2) – "[…] if that cough continues […]" (Z. 8)

5. B
   Hinweis: "Our advice is to get off the M1 and take the A41. The A1 is busy, too." (Z. 3/4)

6. A
   Hinweis: "Could we make it nine o'clock? That would really help me." (Z. 8)

7. C
   Hinweis: "Would your brother's band charge anything?" (Z. 10) – "No, I think they would play for food and drink." (Z. 11) – "Great. So that's decided then." (Z. 12)

Part 2

8. C

   ✎ *Hinweis: "I am so happy to see all my friends again. I think that was the worst thing. Not having my friends around […]" (Z. 2–4)*

9. A

   ✎ *Hinweis: "The biggest change is that we have to wear our face masks in class." (Z. 6/7)*

10. B

    ✎ *Hinweis: "[…] my screen time was incredible. […] some days I was happy when I could switch off the computer […]" (Z. 12–15)*

11. C

    ✎ *Hinweis: "We could do things at our own speed and got direct feedback […] That was cool." (Z. 23/24)*

12. A

    ✎ *Hinweis: "One day she went for a walk in the forest […] We followed her on our computer screens. We learned about the forest ecosystem, but this way it was more fun than just looking at pictures in the book." (Z. 29–33)*

13. B

    ✎ *Hinweis: "One day she freaked out because she deleted everything instead of saving her results." (Z. 40/41)*

Part 3

14. (up) a pack of

    ✎ *Hinweis: "All you do is to slice up a pack of mushrooms […]" (Z. 4)*

15. two minutes

    ✎ *Hinweis: "Let [the mushrooms] get soft. That takes two minutes or so." (Z. 7)*

16. (half a can of) coconut milk

    ✎ *Hinweis: "Now we are going to make it yummy. Add about half a can of coconut milk […]" (Z. 9)*

17. (two teaspoons of) peanut butter
    Hinweis: "[...] and then two really generous teaspoons of peanut butter." (Z. 10)

18. (a little bit of) lemon juice / half a lemon
    Hinweis: "First, a little bit of lemon juice. I think the lemon juice just adds a bit of sweetness. [...] I just added half a lemon." (Z. 13–15)

19. Sunday night supper / Sunday night dinner / comfort food
    Hinweis: "It's a perfect, quick Sunday night supper. [...] It's thick and creamy and the perfect comfort food." (Z. 15–17)

20. spinach
    Hinweis: "Some spinach in here would be really yummy as well." (Z. 19/20)

21. ten minutes
    Hinweis: "It will only take you ten minutes." (Z. 24)

Part 4

22. false
    Hinweis: "I decided to go to Germany because my great-grandfather immigrated from there." (Z. 7/8)

23. false
    Hinweis: "Here in the US, everyone uses their cars and there are hardly any buses or trains." (Z. 11/12)

24. true
    Hinweis: "In Germany, public transportation is such a good thing. You're able to skip the traffic and five or six minutes later, you're at your stop." (Z. 12–14)

25. true
    Hinweis: "I traveled around a lot. [...] For example, I went to Lisbon [...]" (Z. 19–21)

26. false
    Hinweis: "There are lots of traditional German dishes [...] But most Germans don't actually eat that very often. They prefer Mediterranean, Italian or Turkish food." (Z. 25–28)

27. false
    Hinweis: "My host brother and a friend are coming to visit me over summer." (Z. 32/33)

II. Reading

Hinweis: In diesem Kapitel wird dein Leseverständnis überprüft. Da du hier die Möglichkeit hast, dir die Texte noch einmal durchzulesen, werden genauere Details abgefragt als in den Aufgaben zum Hörverstehen. Du solltest dir die Texte also besonders aufmerksam durchlesen. Du kannst wichtige Informationen farbig markieren, damit du schnell alles wiederfindest.

Part 1

Hinweis: Lies dir zuerst die vier kurzen Texte genau durch und danach die einzelnen Aussagen (Statements). Finde heraus, zu welchem Text das jeweilige Statement passt und entscheide, ob die Aussage richtig oder falsch ist.

1. false
   Hinweis: "Classes taught in English and Spanish" (Text 2)

2. false
   Hinweis: "put your shopping into shopping bags yourself" (Text 4)

3. true
   Hinweis: "I ran out of petrol and parked it on the side of the road. Stupidly I did not make a note of the road name." (Text 1)

4. true
   Hinweis: "Hip-hop [...] and magical creatures will be in the mix as well as films and TV series [...]" (Text 3)

5. true
   Hinweis: "use hand washing stations before entering the market" (Text 4)

6. true
   Hinweis: "A taxi picked me up at the bottom of the road and it was about a 30-minute drive back to Kingston where I live." (Text 1)

7. false
   Hinweis: "Cooking classes offer: [...] Cooking supplies" (Text 2)

Part 2

Hinweis: Lies dir zunächst die Statements (A–I) und die Aussagen der jungen Leute (8–14) genau durch. Ordne dann die Statements den einzelnen Personen zu. Es geht in den Aussagen darum, wie die einzelnen Personen ihren ökologischen Fußabdruck zu reduzieren versuchen. Achte also auf themenverwandte Wörter in den Aussagen und Statements. Achtung: Zwei Statements passen zu keiner Aussage.

8. B
   Hinweis: "[...] we decided to take our own shopping basket or bag with us when we go to the shops."

9. D
   Hinweis: "I have gone vegan. [...] not eating any meat [...] there are so many nice alternatives. You could start with a single vegan day, maybe a 'Meatless Monday'."

10. H
    Hinweis: "[...] unplug your electronic devices [...] even when they're switched off [...] they're consuming energy. [...] unplugging is the way to go."

11. F
    Hinweis: "There are ways to use less plastic – I invested in a reusable water bottle [...]"

12. A
    Hinweis: "I try not to use the car so much because how you get from A to B has a significant environmental impact. Walking, biking or taking public transport are all better than driving your car."

13. C
    Hinweis: "Buy fewer things and consume less. [...] If you buy, buy high-quality things and make them last."

14. I
    Hinweis: "Don't let your water consumption run out of control! You can save up to 60 liters of water every week [...]"

Part 3

Hinweis: Beachte, dass du bei dieser Aufgabe nur einen Punkt bekommst, wenn beide Teile der Antwort richtig sind („true“ oder „false“ plus richtige Zeilenangabe).

15. true – lines 3/4
    Hinweis: “Often these stories are not true even though they sound and look like they could be.”

16. true – lines 4/5
    Hinweis: “They have been specifically written to catch your interest [...]”

17. true – line 9
    Hinweis: “First of all, check the source: Look at the website where you found the story.”

18. false – lines 13/14
    Hinweis: “Many fake news stories use photoshopped images.”

19. false – lines 16/17
    Hinweis: “Check if the story you are reading is on other news sites, too. If you find it on a number of other sites, then it probably isn't fake.”

20. true – lines 22/23
    Hinweis: “If the news story makes you angry, it's probably designed to do so.”

21. true – lines 26/27
    Hinweis: “If you find a news story that you know is fake: don't share it!”

Part 4

Hinweis: Lies zuerst den Text aufmerksam durch. Sieh dir dann die Satzanfänge (22–28) sowie die Satzenden (A–I) an und entscheide, welche zusammenpassen. Zwei Satzenden können dabei nicht zugeordnet werden. Beachte, dass die Belege im Text nicht unbedingt in chronologischer Reihenfolge zu finden sind – so kommt z. B. der Textbeleg für Satzanfang 23 vor demjenigen von Satzanfang 22.

22. D
    Hinweis: “Wrapped in newspaper, it would keep warm.” (Z. 9)

23. B

✒ *Hinweis: " 'When I was a young man, it was great to have fish and chips once or twice a week,' remembers 82-year-old Arthur Mowbrey." (Z. 3/4)*

24. H

✒ *Hinweis: "For a hundred years, they were the classic popular take-aways, British style." (Z. 7)*

25. I

✒ *Hinweis: "Cheaper than meat, sea fish became a popular source of protein." (Z. 11)*

26. E

✒ *Hinweis: "Fresh sea fish could easily be bought in many British towns because they are near a port." (Z. 9/10); "port" = „Hafen"; "Some shops have survived in seaside towns, where the fish is really fresh." (Z. 16/17)*

27. A

✒ *Hinweis: "It saves cooking!" (Z. 15)*

28. C

✒ *Hinweis: "Comfortable, more expensive fish <u>restaurants with tables and chairs</u> have existed for a long time. <u>In the years to come</u>, they may be the only type of fish'n'chip restaurant around." (Z. 22–24)*

III. Writing – Set I

Part 1 – AppWhats photo message: Summer holidays in Australia

✒ *Hinweis: Du bist in Australien im Urlaub und hast deinem Freund Marc ein Foto geschickt. Er möchte nun gern etwas mehr über deinen Urlaub wissen. Versuche dabei, dein Wissen über Australien zu aktivieren. Achte darauf, dass du auf alle Fragen von Marc eingehst. Deine Antworten sollen sich inhaltlich auf seine Fragen beziehen und sprachlich so weit wie möglich korrekt sein. Falls dein Text an einer Stelle nicht verständlich sein sollte, gibt es dafür keine Punkte.*
Da es sich um eine Nachricht an einen Freund handelt, sind umgangssprachliche Ausdrücke erlaubt, sollten aber im Rahmen bleiben.
Achte unbedingt auf die Zeitformen – wenn die Frage von Marc z. B. im „simple past" steht, dann antworte in derselben Zeitform.

Folgendes will Marc von dir wissen (jeweils 1 Punkt):

- *ob du in Australien im Urlaub bist*
- *mit wem du dort bist*
- *wie der Flug war*
- *welche Tiere du bisher gesehen hast*
- *an welchen Orten du bisher warst*
- *was du noch sehen möchtest*
- *welche Aktivitäten du noch geplant hast*
- *wo du übernachtest*
- *wann du zurück sein wirst*
- *ob du dich mit ihm treffen kannst*

Lösungsvorschlag

Marc: *Thank you! Are you there on holiday? Who is with you?*
You: Yes, I'm on holiday in Australia. My Australian friend Joe is with me.
Marc: *How was your flight?*
You: The flight was OK – there wasn't much turbulence.
Marc: *What cool animals have you seen so far?*
You: I've already seen a kangaroo. It was so cute!
Marc: *What places have you been to? What else do you want to see?*
You: I've already been to the Great Barrier Reef and visited the Opera House in Sydney. I would also like to go to the Outback and take a photo of Uluru. Let's see …
Marc: *Have you planned any cool activities?*
You: Yes, quite a bit: we've made plans for a wildlife safari.
Marc: *And where are you staying?*
You: We're lucky because we can stay at Joe's uncle's house, who lives outside Sydney.
Marc: *When will you be back? Can we meet up? I would love to see more pictures!*
You: I'll be back in two weeks. Sure, let's meet and browse through my galleries!

Part 2 – Write a comment: Voluntary work

✎ *Hinweis: Hier wird für ehrenamtliche Arbeit bzw. für einen Freiwilligendienst geworben, sei es im Tierheim, bei der Feuerwehr oder einem Umwelt- oder Sozialprojekt an deiner Schule. Im Folgenden sollst du jeweils zwei Argumente dafür und dagegen anführen und abschließend deine eigene Meinung, einschließlich Begründung, darlegen.*

Es gibt hier insgesamt 15 Punkte, wobei halbe Punkte nicht vergeben werden. Die volle Punktzahl bekommst du, wenn ein (fast) fehlerfreier, detailreicher und gut strukturierter Text vorliegt. Achte auch darauf, ungefähr die Vorgabe von 80 Wörtern einzuhalten – etwa acht Wörter mehr oder weniger sind jedoch in Ordnung.

Lösungsvorschlag

Volunteering is possible in a lot of different areas and you can even volunteer abroad. What is more, volunteering is a fantastic way to learn new skills and meet new people.
However, you do not get any money for the work you do and volunteer work often takes up a great amount of time.
In my opinion, however, volunteering is very important for society – a lot of people and animals need help. That is why I am going to volunteer at an animal shelter once a week. *(87 words)*

III. Writing – Set II

Part 1 – Questionnaire – Smartphones in school

*Hinweis: Stelle dir vor, du verbringst ein Jahr in London. Deine Schule dort möchte den Schüler*innen erlauben, ihre Handys in der Schule zu nutzen. Deshalb sollst du einen Fragebogen ausfüllen. Es werden insgesamt 10 Punkte vergeben, wobei es keine halben Punkte gibt. Achte auch auf die Sprachrichtigkeit – sollte der Inhalt durch zu viele sprachliche Fehler nicht mehr erkennbar sein, gibt es keine Punkte. Auf folgende Aspekte sollst du eingehen:*

- *Nutzung im Unterricht mit zwei Beispielen*
- *Nutzung in den Pausen: ja oder nein? Angabe von zwei Gründen*
- *Zwei Nachteile bei der Nutzung mit Erklärung*
  (Fehlt eine Information, erhältst du hier keine Punkte)
- *Handyfreie Zone in der Schule? Wo und warum, oder warum nicht*
- *Zwei Regeln zur sicheren Nutzung*

Lösungsvorschlag

How could you use your smartphone as an additional tool in class? Give two examples.

- We could look up difficult vocabulary.
- We could use digital maps in geography.

Would you like to use your phone during breaks? Give two reasons.

☒ Yes

- I could tell my host parents when to pick me up.
- I could schedule things to do in my free time with my friends.

Name two disadvantages of using your phone in school and explain them.

- Students may only occupy themselves with their smartphones instead of socializing with their classmates.
- There may be students who use their smartphones for bullying.

Should there be a mobile-free zone in school? Say where and why or why not.
There should be a mobile-free zone in our cafeteria because you should be able to eat and chat with each other without being distracted by your phone.

Give two rules for using the smartphone in school safely.

- No gaming.
- Respect your fellow students and don't post nasty things or record videos without their knowledge!

Part 2 – Creative writing: The cave

Hinweis: Hier sollst du eine Geschichte zu einem Bild verfassen. Beachte, dass auf den Schildern stehen soll, dass vor dem Betreten der Höhle gewarnt wird.
Der Anfang ist bereits vorgegeben – lies ihn dir genau durch und überlege, wie du die Geschichte spannend fortsetzen könntest. Das Ende deiner Geschichte sollte schlüssig und logisch nachvollziehbar sein.
Schreibe ca. 80 Wörter (etwas mehr oder weniger Wörter sind in Ordnung). Die volle Punktzahl erhältst du, wenn ein (fast) fehlerfreier, detailreicher Text vorliegt.

Lösungsvorschlag

I was standing in front of the cave's entrance. Around the cave there were several different signs warning people to keep out. I wondered what could be in there. I had a torch, so I would be able to find my way in the dark cave. Although the signs said "Do not enter!", "Danger!" and "Keep out!", I was curious and went inside. Suddenly I heard a wailing noise and got scared. Was it a cave monster? No, it wasn't! It turned out to be a kitten that had lost its way! I picked it up, gently wrapped it in my pullover and went outside. I was so happy that I was able to rescue it! *(83 words)*

E-Kurs

I. Listening

Hinweis: In deiner Abschlussprüfung hörst du alle Texte zweimal hintereinander. Lies dir die Aufgaben vor dem ersten Hören genau durch, damit du weißt, worauf du achten sollst. Bleib ganz entspannt, wenn du beim ersten Hördurchgang noch nicht alle relevanten Details verstanden hast bzw. noch nicht alle Aufgaben lösen konntest. Konzentriere dich einfach beim zweiten Hören auf die gefragten Informationen.

Part 1

Hinweis: Die erste Aufgabe ist eine Multiple-Choice-Aufgabe mit Bildern. Du hörst ein Beispiel, gefolgt von sieben kurzen Texten. Lies dir vor dem ersten Hören die Fragen in Ruhe durch und sieh dir auch die Bilder genau an, denn sie unterscheiden sich zum Teil nur in Kleinigkeiten. Wähle dann beim Hören die jeweils passende Zeichnung zu den Texten aus.

0. C

   Hinweis: "I'll stop by the newsagent's." (Z. 5)

1. C

   Hinweis: Das Nomen „rehearsal" bedeutet „Probe", „final rehearsal" ist somit die „Generalprobe". Die Generalprobe der Schulband findet in der Aula statt: "[…] they meet in the assembly hall for the final rehearsal." (Z. 4/5)

2. A

   Hinweis: "It's a crossbreed with black fur and a white head, <u>long, hanging ears</u> and a <u>short tail</u>. He wears a <u>collar</u> around his neck." (Z. 5/6) Ein „collar" ist ein (Hunde-)Halsband.

3. C

   Hinweis: "Your boarding starts at 9.20." (Z. 2/3) Ausgewählte Personengruppen wie z. B. Passagiere mit kleinen Kindern dürfen bereits früher an Bord gehen (vgl. Z. 3/4).

4. A

   Hinweis: "Yeah, it's at his place." (Z. 3)

5. B

   Hinweis: "[...] on Friday. It should still be dry. You shouldn't expect any sunshine, though." (Z. 3/4)

6. B

   Hinweis: "Let's make it 300, then." (Z. 4)

7. B

   Hinweis: "How would you feel about going to the mountains? [...]" – "[...] You know, I'd love to go hiking again." – "Me too. [...]" (Z. 3–8)

Part 2

Diese Aufgabe ist eine Multiple-Choice-Aufgabe, bei der du das jeweils richtige Satzende abhaken sollst. Arbeite auch hier ganz genau und achte auf Details.

8. b)

   Hinweis: "Cool thing is there's a skate park across the street [...]" (Z. 8/9)

9. c)

   Hinweis: "I really want to get on the basketball team. Pretty much all I do is work on my shot. Tryouts are next week." (Z. 13/14)

10. b)

    Hinweis: "[...] it's the vibe of the city that really gets me." (Z. 18) Das Nomen „vibe" bedeutet „Stimmung" oder „Atmosphäre" und ist somit ein Synonym für „atmosphere" aus der Aufgabenstellung.

11. c)

    Hinweis: "[...] the school has a good team spirit because there is a different assembly or team project every week. [...] You can choose classes that I had never heard of before." (Z. 25–28)

12. a)

    Hinweis: "I met Rubio and Jalen on the basketball court in the park. Now we're practicing together [...]" (Z. 30/31)

13. c)
Hinweis: "I'll come over in summer. [...] School's out in June, and I'll be counseling at a summer camp right after. But I'm free all of July and August." (Z. 37–39) Anne überlegt hin und her, wann der beste Zeitpunkt für einen Besuch ist. Da sie zu Beginn ihrer Sommerferien arbeitet, will sie Robin danach besuchen.

Part 3

Hinweis: Rechtschreibfehler werden nicht gewertet, solange gut zu erkennen ist, was du ausdrücken möchtest.

0. Danhostel Copenhagen
Hinweis: "Welcome to Danhostel Copenhagen." (Z. 1)

14. students: second floor / teachers: first floor
*Hinweis: Der Leiter des Hostels spricht die Schüler*innen an und erklärt ihnen, wo die Zimmer zu finden sind. Lass dich durch das erste „first" im Satz nicht verwirren; es bedeutet „ zuerst": "First, <u>your rooms</u> are on the <u>second floor</u>, and your <u>teachers' rooms</u> are on the <u>first floor</u>." (Z. 4/5) Du erhältst den Punkt nur, wenn du beide Informationen angibst.*

15. (on the) key card
Hinweis: "You will all get one of these key cards. You can find your room numbers on them [...]" (Z. 7/8)

16. 7–10 (a.m.), top floor
Hinweis: Auch hier sind wieder zwei Informationen gefordert: Achte darauf, dass du sie in der richtigen Reihenfolge angibst: "Breakfast is served on the top floor from 7 to 10." (Z. 10/11)

17. kitchen staff / people (working) in the kitchen / chef(s)
Hinweis: "Please let the kitchen staff know if you're suffering from any intolerances or food allergies." (Z. 15/16)

18. you have to leave the hostel / you are expelled from the hostel
Hinweis: "Alcoholic drinks, smoking [...] are strictly prohibited. If you break this rule, <u>you will be expelled</u> immediately." (Z. 20–22)

19. make a reservation

Hinweis: "If you don't only want to watch other people bowl but have a go yourself, you should make a reservation in advance. Bowling is extremely popular at the moment." (Z. 24–26)

20. DHC2022

Hinweis: "The Wi-Fi password: DHC – all in capital letters – 2022 – in numbers. So DHC2022." (Z. 31/32)

Part 4

Hinweis: In dieser Aufgabe sollst du entscheiden, ob die Aussagen über Influencerin Emma D. richtig oder falsch sind.

0. false

Hinweis: "Her name is Emma D. [...] And perhaps you've noticed that she's unlike most other influencers." (vgl. Z. 3–5)

21. false

Hinweis: "Well, most other influencers are sponsored by brands. [...] I, on the other hand, like used clothes and accessories and want to show what you can do with them." (Z. 10–13)

22. true

Hinweis: "For example, followers send me clothes they don't wear anymore, and I turn them into new outfits and post them on my site." (Z. 14/15)

23. true

Hinweis: "The thing is trends are never completely new. Big sunglasses – that was a trend in the eighties and now people are wearing them again. So why buy new ones if it's all been there before?" (Z. 19–21)

24. false

Hinweis: "I show my followers how to be creative and make a lot out of a little, and they tell me that they find it inspiring. They begin to appreciate the things that they already have." (Z. 31–33)

25. false

    Hinweis: "I'm running a local second-hand shop. [...] Also, <u>I want to start selling</u> these clothes <u>online</u> too [...]" (Z. 38–41) Hier musst du genau lesen und zuhören: In der Aufgabenstellung wird nämlich gefragt, ob Emma ihre Kleidung bereits jetzt online vertreibt. Bis es jedoch so weit ist, kann man ihre Ware ausschließlich in ihrem Secondhandladen kaufen.

26. true

    Hinweis: "[...] most clothes can be worn by men and women. It's just a matter of how you want to design your outfit. There's nothing gender-specific in what I do." (Z. 43–45)

II. Reading

Hinweis: In diesem Kapitel geht es um dein Leseverständnis. Lies dir den Text bzw. die Texte zuerst einmal in Ruhe komplett durch, um dir einen Überblick zu verschaffen. Sieh dir dann die zum jeweiligen Text gehörenden Aufgaben an. Lies dann den Text noch einmal bzw. so oft wie nötig und achte auf die relevanten Details. Lass dich nicht verunsichern, wenn du auf Anhieb nicht alles verstehst, sondern versuche, dir unbekannte Wörter aus dem Zusammenhang zu erschließen. Neue Wörter, die für die Bearbeitung der Aufgaben relevant sind, solltest du auch im Wörterbuch nachschlagen. Markiere wichtige Informationen im Text farbig, damit du die relevanten Informationen schnell wiederfindest.

Part 1

Hinweis: Dir liegen sechs kurze Texte (z. B. Nachrichten auf dem Smartphone, Schilder, eine Anzeige) vor, die inhaltlich nichts miteinander zu tun haben. Deine Aufgabe ist es, zu entscheiden, welche der Aussagen über die Texte jeweils richtig ist.

1. b

   Hinweis: "Try to convince your dad that you can come on Friday. Then you can stay for two nights. Wouldn't that be awesome?!"

2. c

   Hinweis: "The bookshop [...] will only keep [the books] till Thursday."

3. a

   ✎ *Hinweis: "Yield to pedestrians." Das Verb „(to) yield" bedeutet in diesem Zusammenhang „Vorfahrt gewähren".*

4. a

   ✎ *Hinweis: "Standing on the front lines, our waiters are vital to the guest experience. [. . .] Always be friendly and attentive." Wenn es dir schwerfällt, auf die richtige Lösung zu kommen, kannst du auch nach dem Ausschlussverfahren vorgehen: Vom Servicepersonal wird Flexibilität in Bezug auf die Arbeitszeiten erwartet. Außerdem ist Erfahrung zwar erwünscht, aber keine Voraussetzung. Du kannst also Auswahlmöglichkeiten b) und c) ausschließen.*

5. b

   ✎ *Hinweis: "These seats must be vacated for seniors and disabled persons." Man darf sich also setzen, soll aber den Platz freimachen, wenn ältere Menschen oder Personen mit Behinderung ihn benötigen.*

6. a

   ✎ *Hinweis: "I borrowed [the backpack] and gotta give it back today!"*

Part 2

✎ *Hinweis: Dieser Text ist ein Interview mit der in London lebenden Alexa. Allerdings sind ihre Antworten durcheinandergeraten. Darüber hinaus fehlt zu einer Frage die Antwort gänzlich. Deine Aufgabe ist es, den vorhandenen Antworten die passenden Fragen zuzuordnen. Eine Frage bleibt somit übrig.*
Nachdem du dir einen Überblick über die Fragen und Antworten verschafft hast, solltest du am besten folgendermaßen vorgehen: Lies dir die erste Frage durch, markiere ggf. Schlüsselwörter in der Frage und mache dich dann auf die Suche nach der passenden Antwort. Oftmals findest du ein Schlüsselwort, ein Synonym oder ein Wort aus dem Wortfeld auch in der Antwort. Verlasse dich aber nicht ausschließlich auf übereinstimmende Wörter, sondern prüfe genau, ob die Antwort insgesamt zur Frage passt. Gehe bei den anderen Fragen genauso vor. Jede Frage darf nur einmal verwendet werden.

7. D

Hinweis: Wie international ist London? Alexa beantwortet diese Frage folgendermaßen: "I don't think there's a language that isn't spoken here. [...] The city is one big melting pot of different cultures, languages and accents."

8. B

*Hinweis: Das Schlüsselwort in der Frage ist „polite". Das Adjektiv kommt zwar nicht im Text vor, jedoch ein Gegenteil davon: „rude" (= „unhöflich"). Auch die restliche Antwort passt zur Frage, ob es stimmt, dass die Einwohner*innen Londons höflich sind: "[...] so when they bump into you, they won't always apologize. [...] technically this doesn't mean that Londoners are rude. It just means that everyone has their own business to get to. They don't want to be late [...]"*

9. H

Hinweis: Diese Frage und Antwort handeln vom Essen, das in London recht günstig ist, wenn man nicht gerade im touristischen Zentrum essen geht: "It is as appetizing as it sounds and looks. [...] it's cheap! [...] I enjoy some of the great Indian places in the suburbs."

10. A

Hinweis: Das Schlüsselwort in der Frage ist „leisure time", also „Freizeit". In der Antwort kommt der Begriff zwar nicht vor, es werden aber zahlreiche Freizeitaktivitäten genannt, die Londoner gerne unternehmen: "Theatres are a big thing – not just cinemas, but theatres [...] But the places people go to a lot are London's parks. [...] People go there to hang out with their friends, have a picnic, or just go outside and enjoy the weather. You can also find a gym at every corner [...]"

11. C

Hinweis: In dieser Frage geht es um Mode. Zum Wortfeld „fashion" gehören Nomen wie „trends", „designer brands" und „clothes". Auch Adjektive wie „expensive" oder „creative" können dir hier Aufschluss über die richtige Zuordnung geben.

12. F

Hinweis: Die Zuordnung der Antwort zur Frage, ob Religion in London eine große Rolle spielt, dürfte dir leichtfallen, da „religion“ sowohl in der Frage als auch in der Antwort vorkommt. Außerdem verwendet Alexa in ihrer Antwort noch das Adjektiv „religious“: “[…] the majority of the population is Christian. […] there is a lot more variety in religions […] Overall, London isn't much of a religious place […]”

13. G

Hinweis: Die berühmte „teatime“ spielt in London keine besonders große Rolle: “[…] it isn't as big as it may seem in London. Sure, it's offered in some restaurants in the afternoon […] that celebrate this British tradition.” Es gibt außerdem dreimal so viele „coffee shops“ wie „tea parlours“.

Part 3

Hinweis: Dieser Text handelt von dem Graffiti-Künstler Banksy. Finde zu allen Satzanfängen das jeweils passende Satzende.

14. c)

Hinweis: “a lot of his art is produced in public places […]” (Z. 7)

15. b)

Hinweis: “Banksy first got noticed for spray-painting trains and walls in his home city of Bristol […]” (Z. 9/10)

16. c)

Hinweis: “Banksy's work is known for critical political messages, dealing with topics such as homelessness, racism or pollution.” (Z. 20/21)

17. a)

Hinweis: “[…] the majority think his work is very valuable. As a result, his pieces can go for thousands of pounds.” (Z. 22/23)

18. c)

*Hinweis: “*Girl with Balloon *[…] partially destroyed itself with a hidden shredder at an auction just after being sold for $ 1.4 million. After that Banksy called the destroyed version* Love is in the Bin *[…]” (Z. 25–28)*

19. a)

Hinweis: “Sometimes graffiti artists put their own work over it.” (Z. 32/33)

Part 4

Hinweis: Denke bei diesem Aufgabenformat auch an die Zeilenangaben! Nur wenn das Häkchen richtig gesetzt und die Zeilenangaben korrekt sind, erhältst du jeweils einen Punkt. Kennzeichne die relevanten Textstellen am besten farbig, damit du dich schnell zurechtfindest und nicht so leicht in der Zeile verrutschst, wenn du die Zeilenangaben machst bzw. kontrollierst.

0. true – line 1
   Hinweis: "27-year-old Victoria Voorhees knew she was adopted as a two-month-old girl."

20. true – lines 2/3
   Hinweis: "That's why she decided to take a WhoAmI-home DNA test to find out a bit more about her Hispanic background and genetic makeup."

21. false – line 6
   Hinweis: "Victoria always dreamed of having an older sibling."

22. false – line 10
   Hinweis: "She sent her <u>sister</u> a message through the WhoAmI-app [...]"

23. true – lines 12/13
   Hinweis: "Then they joined a video call with their biological mother for the first time."

24. false – lines 13/14
   Hinweis: Es war genau andersherum: "'I showed her some photos of me growing up with my adoptive parents,' says Victoria [...]"

25. false – lines 16/17
   Hinweis: "'We live very parallel lives even though we were placed <u>in very different situations</u>.'"

26. true – lines 24–26
   Hinweis: "To show everyone their similarities, the two sisters created a video for social media in which they demonstrate all the things they have in common."

III. Writing

Hinweis: Im „Writing"-Teil kannst du zwischen zwei Aufgabensets auswählen. Nimm dir ausreichend Zeit, alle Aufgabenstellungen durchzulesen und zu entscheiden, welches Aufgabenset dir besser liegt.
Mache dir am besten auf dem Konzeptblatt Notizen oder lege Mindmaps an, bevor du die Texte ausformulierst. Wichtig ist, dass du dir am Ende deine Texte noch einmal durchliest und sie in inhaltlicher und sprachlicher Hinsicht überprüfst. Kontrolliere, ob du auf alle in der Aufgabenstellung geforderten Aspekte eingegangen bist, und verbessere sprachliche Fehler. Halte dich in etwa an die vorgegebene Länge der Texte, um Punktabzug zu vermeiden.

Writing – Set I
Part 1 – A Complaint: Empty Box

Hinweis: Stell dir vor, du hast bei einem Onlineshop Bluetooth-Kopfhörer bestellt, es kam jedoch nur ein leeres Paket bei dir an.
Schreibe eine Beschwerde und gehe auf folgende Punkte ein:
- *den Grund für das Schreiben*
- *deine Gefühle*
- *was du von dem Online-Shop erwartest*

Schreibe in etwa 80 Wörter.

Lösungsvorschlag

Dear Sir or Madam,

On 15 June I ordered the latest Bluetooth headphones from your online shop. After I had waited for two weeks for the delivery, the package finally arrived in the post yesterday. Unfortunately, it was completely empty, but the box itself was undamaged. Please see the attached photo.
I am very disappointed right now. Can you explain what might have happened? Please refund my money or send me the headphones as soon as possible. Thank you in advance.

Regards,
Nina Müller

(84 words)

Part 2 – A Letter of Application: Au Pair Job

Hinweis: Hier sollst du eine Bewerbung um eine Position als Au-pair in Stockholm verfassen. Lies die Anzeige genau und berücksichtige die Informationen, die darin gegeben werden, in deinem Bewerbungsschreiben.
Schreibe eine E-Mail in rund 150 Wörtern und gehe darin auf folgende Aspekte ein:
- *deine Ausbildung, Hobbys und Interessen*
- *deine Berufserfahrung*
- *warum du die richtige Person für diese Stelle bist*

Gliedere deinen Text logisch und vermeide Wiederholungen und Abschweifungen. Achte auch auf eine abwechslungsreiche Sprache. Lies deinen Text am Ende noch einmal durch und korrigiere ihn in sprachlicher und inhaltlicher Hinsicht. Solltest du dabei feststellen, dass du in der Grammatik oder beim Wortschatz unsicher bist, bietet es sich an, die Aufgaben zum Grundwissen zu Beginn des Buches durchzuarbeiten. Bei Fragen zur Grammatik kannst du auch auf MyStark in der digitalen Kurzgrammatik nachsehen.

Lösungsvorschlag

Dear host family,

My name is Ben Schneider, I'm 16 years old and I'm from Hanover, Germany. I'm currently in Year 10 and my favourite subjects are PE and English. In my free time I play football twice a week. My other hobbies are reading and travelling.
I'd like to live abroad for one year after my final exams in the summer. After that, I want to become a kindergarten teacher, so during my gap year I would like to gain more work experience with children.
I have three years of experience as a certified babysitter, so I know how to react in an emergency. I really enjoy looking after children, playing with them, reading to them or teaching them to bake a cake, for example.
It would be a dream come true to work for your family. Your two kids look adorable.
If you have any questions, please feel free to contact me.
I hope to hear from you soon.

Yours,
Ben Schneider *(164 words)*

Writing – Set II

Part 1 – Comment: My Parents are Forcing Me into an Apprenticeship

Hinweis: Auf einer Website stößt du auf einen Post, in dem ein Nutzer oder eine Nutzerin ein Problem beschreibt. Schreibe einen kurzen Text und gib Alex einen Rat, wie er/sie mit dem Konflikt mit den Eltern umgehen soll. Lies die Aufgabenstellung genau und überlege, wie du deinen Text sinnvoll in rund 80 Wörtern formulieren kannst.

Lösungsvorschlag

Hi Alex,

That sounds intense. My suggestion is to listen to your gut, but please talk to your parents again! I'm sure they want what's best for you and want you to be happy. Explain to them why you aren't interested in cars and give reasons why you want to become a musician. Maybe the three of you can even find a compromise: you could start working part-time at the car dealership to earn some extra money, but still make your dream come true …

Good luck,
Maxi

(88 words)

Part 2 – A Blog Entry: Time Travel into the Past

Hinweis: Hier sollst du einen Blogeintrag über eine fiktive Reise in die Vergangenheit verfassen. Schreibe einen Artikel in rund 150 Wörtern und arbeite folgende Aspekte in deinen Text ein:

- *in welche Zeit du gereist bist und warum*
- *was du an diesem Tag erlebt hast*
- *ob du dir vorstellen kannst, wieder in diese Zeit zu reisen und warum*

Da du in die Vergangenheit reist, musst du die Zeiten der Vergangenheit sicher gebrauchen können. Die Zeit, die du häufig in einem solchen Text verwendest, ist das „simple past". Wenn du jedoch eine Handlung ausdrücken möchtest, die vor einer anderen Handlung im „simple past" stattgefunden hatte, benutzt du das „past perfect", die Vorvergangenheit.

Lies deinen Text am Ende noch einmal durch und korrigiere ihn in sprachlicher und inhaltlicher Hinsicht. Solltest du dabei feststellen, dass du in der Grammatik oder beim Wortschatz unsicher bist, bietet es sich an, die Aufgaben zum Grundwissen zu Beginn des Buches durchzuarbeiten. Bei Fragen zur Grammatik kannst du auch auf MyStark in der digitalen Kurzgrammatik nachsehen.

Lösungsvorschlag

When I travelled back in time

I've just come back from my first trip back in time and it was amazing! As I had been very nervous about the whole process, I decided to play it safe and only travel back to 2015.

I arrived on the morning of my tenth birthday in my childhood home. It was totally crazy to see 10-year-old me opening presents, waiting nervously for the guests and then running around happily in our garden with my younger siblings, my guests and our dog Lucy, who was still alive in 2015. It was fantastic to relive that day and great fun seeing some of my childhood friends who had been invited to my birthday party.

I can definitely imagine travelling to my childhood again, but to be honest, next time I'll be more adventurous and choose an important event in history like the day of the moon landing or the day the Berlin Wall fell. *(159 words)*

G-Kurs

I. Listening

Part 1

0. C

   Hinweis: "What's this: Cro – hip hop from Germany." (Z. 8) – "I've heard about him. So, let's check it out." (Z. 9)

1. C

   Hinweis: Boy: "You like canoeing, don't you?"– Sally: "Yes, I do. And I'd love to go [...]" (Z. 4/5); Sally: "Canoeing or the museum. I know what I would choose." (Z. 10/11)

2. A

   Hinweis: "[...] so no acting class for you. I think you should pick the band." (Z. 9) – "Thanks for your advice, Henry. I think I'll do exactly that." (Z. 12)

3. A

   Hinweis: Martha: "I'll buy some pancakes [...]" (Z. 8) – Girl: "[...] But you'd better get some milk too." (Z. 10); Girl: "[...] Get some bottled water [...]" (Z. 13)

4. C

   Hinweis: "Oh, no. I have a video conference with my English class in 10 minutes." (Z. 12/13)

5. B

   Hinweis: Anna: "[...] maybe you better look for a pink backpack then." (Z. 13) – Peter: "Ah, OK, I'll do that." (Z. 14)

6. A

Hinweis: Dad: "What about a cat then? You can play with it [...] So that's a perfect compromise – and I always wanted a cat." Son: "OK, if you think so ..." (Z. 10–13)

Part 2

7. B

Hinweis: "Can you share with our viewers the spooky experience you had in Edinburgh last year? – My husband and I went to Edinburgh for the first time." (Z. 2–5)

8. B

Hinweis: "It was a very old house in a long city street from the 1750s [...]" (Z. 9)

9. A

Hinweis: "I heard a sort of breathing, a kind of quiet and soft breathing." (Z. 15)

10. A

Hinweis: "I couldn't believe this was really happening, and I thought somebody was making fun of me [...]" (Z. 20/21)

11. C

Hinweis: "[...] so he switched on the light, and the really weird thing was that the moment the light came on, [...] I could see a transparent figure just disappearing into the wardrobe." (Z. 24–26)

12. B

Hinweis: "He smiled and told us that we were not the first people to see the ghost [...]" (Z. 29/30)

13. B

Hinweis: "There wasn't another room available, so we had to go back to our room." (Z. 32/33)

Part 3

14. online / not on stage / a video competition
    Hinweis: "Monmouth's Got Talent *is back this year and this time it's online.*" *(Z. 1/2); "The students are not performing on an actual stage. They can be creative and show their talent in a video." (Z. 7–9)*

15. (television) show / TV show
    Hinweis: "[...] is adapted from the popular BBC television show Britain's Got Talent." *(Z. 2/3)*

16. magic / singing / playing an instrument
    Hinweis: "[...] and demonstrate their skills, whether it's magic, singing or playing an instrument." (Z. 6/7)

17. (three) secondary schools (in Monmouth)
    Hinweis: "All three secondary schools in Monmouth can take part in the event." (Z. 9/10)

18. food banks (across the UK)
    Hinweis: "[...] the money that people donate will support the Trussell Trust, a network of food banks across the United Kingdom." (Z. 13/14)

19. students@monmouth.co.uk
    Hinweis: "[...] send your video to students@monmouth.co.uk." (Z. 18)

20. 26 June / June 26th
    Hinweis: "[...] and the videos of the three winners will be featured on YouTube on 26 June." (Z. 21/22)

21. £ 50
    Hinweis: "And last but not least, there's a £ 50 prize for the winning act [...]" (Z. 23/24)

Part 4

22. true
    Hinweis: "And we're talking about the effects of Covid 19 on the Manchester music industry. Andy, Covid has hit the music industry hard [...]" (Z. 2/3)

23. false

    Hinweis: "Quite a lot of tickets had been sold and then the gigs were cancelled [...]" (Z. 10); es wird erwähnt, dass ziemlich viele Tickets verkauft wurden („sold"), die Konzerte waren jedoch nicht ausverkauft („sold out").

24. true

    Hinweis: "That's why several musicians had a lot of problems and had to take on totally different jobs to earn money." (Z. 19/20)

25. false

    Hinweis: "A lot of things will change." (Z. 26); "It seems like music will look different post-Covid." (Z. 30)

26. true

    Hinweis: "I think people will either need to show a vaccine passport on a phone or take a quick test on the door." (Z. 26/27)

27. true

    Hinweis: "I hope that we can soon live in a Manchester again where there's amazing, exciting, creative and cultural things happening everywhere." (Z. 30–32)

28. false

    Hinweis: "[...] and we hope we can start touring Great Britain after summer." (Z. 34/35)

II. Reading

Hinweis: In diesem Kapitel wird dein Leseverständnis auf verschiedene Art und Weise überprüft. Da du hier die Möglichkeit hast, dir die Texte mehrmals durchzulesen, werden genauere Details abgefragt als in den Aufgaben zum Hörverstehen. Du solltest die Texte also besonders aufmerksam lesen. Markiere die wichtigen Stellen farbig, damit du schnell alles wiederfindest.

Part 1

Hinweis: Lies dir zuerst die Texte aufmerksam durch und danach die einzelnen Aussagen (Statements). Finde dann heraus, zu welchem Text das jeweilige Statement passt und entscheide, ob die Aussage richtig oder falsch ist.

1. false

   Hinweis: "Registration is required [...] <u>or at the front desk</u>" (Text 2); man kann sich auch am Ausleiheschalter („front desk") anmelden.

2. true

   Hinweis: "Come get really <u>creative with recycled objects</u>" (Text 2)

3. false

   Hinweis: "<u>Quarter-mile hike</u> on rough terrain" (Text 4). Man kann zwar mit einem Fahrzeug anreisen ("Reservations are for up to 8 people and <u>one vehicle</u>"), aber es scheint, dass man bis zum Wasserfall noch eine Viertelmeile durch unwegsames Gelände laufen muss, also nicht direkt dort parken kann.

4. true

   Hinweis: "I offer <u>one-on-one sessions and group training</u> sessions." (Text 1)

5. true

   Hinweis: "[...] in this 2-hour <u>online baking</u> session." (Text 3)

6. false

   Hinweis: "Pets are not allowed." (Text 4)

Part 2

Hinweis: Lies dir zunächst die Aussagen der verschiedenen Leute (A–I) und dann die Restaurantbeschreibungen (7–13) durch. Ordne danach die Aussagen den einzelnen Beschreibungen zu. Achte dabei auf Stichwörter oder verwandte Wörter, die sowohl in den Statements als auch in den Beschreibungen vorkommen. Beachte: Aussage C und D passen zu keiner Beschreibung.

7. F

   Hinweis: "[...] perfect location <u>before going on a night out</u> [...] Our veggie <u>food is</u> also <u>really 'hot'</u>. For authentic Indian taste there is <u>extra hot</u>." „Hot" bedeutet hier „scharf" → Dino mag scharf gewürztes Essen („spicy") und möchte nach dem Essen noch weggehen.

8. A

   Hinweis: "[...] elegant dining in a stylish atmosphere <u>for a special evening</u> [...] tasty traditional <u>pasta</u> [...] <u>Italian night with a great pasta</u> [...] buffet" → John: "for a special occasion", "Italian food", "pasta"

9. G
   Hinweis: "[…] variety of different coffee specialties. Enjoy your full English brekki […]" → Micky: "hearty breakfast", "tasty cappuccino"; "brekki" = "breakfast", ein „full English breakfast" ist ein üppiges, herzhaftes („hearty") Frühstück.

10. I
   Hinweis: "[…] burgers with 'meat' made from plants […] great fruit salad […] and a delicious piece of cake" → Tom: "vegetarian", "healthy lunchtime meal", "delicious sweet treat"

11. B
   Hinweis: "You haven't got bags of time […] while served fast […] Quality is particularly important here, and our prices are good, too." → Melissa: "short lunch break", "good value for money"

12. E
   Hinweis: "Chocolate lovers will be excited by our amazing range of chocolate cakes." → Lucy: "sweet tooth", "somewhere special"

13. H
   Hinweis: "[…] different types of live music every night […] There are great fish dishes […]" → Caroline: "I love eating fish", "He likes entertainment"

Part 3

Hinweis: Beachte, dass du bei dieser Aufgabe nur einen Punkt bekommst, wenn beide Teile der Antwort richtig sind („true" oder „false" plus richtige Zeilenangabe).

14. true – line 4
   Hinweis: "I was spending 124 hours a month *on social media."*

15. true – lines 5/6
   Hinweis: "I want to describe three of the biggest benefits I received from living life, social media-free."

16. false – lines 9/10
   Hinweis: "I instantly felt that my relationships became stronger."

17. true – lines 10–12
Hinweis: "[...] I found myself valuing the time I spent with them more, and I was even able to find out new things about them."

18. true – lines 14–16
Hinweis: "[...] always comparing my appearance [...] But, without social media, I stopped that and became more confident."

19. false – lines 17–20
Hinweis: "[...] the first thing I would do after school was [...] open my phone up to the TikTok 'For You' page. Once I got to studying, I still would take long breaks to scroll through my phone."

20. false – lines 25/26
Hinweis: "It doesn't have to be as extreme as completely deleting everything: instead, you could set limits on your screen time [...]"

Part 4

Hinweis: Lies den Text aufmerksam durch. Sieh dir dann die Satzanfänge (21–27) sowie die Satzenden (A–I) an und entscheide, welche zusammenpassen. Zwei Satzenden können dabei nicht zugeordnet werden.

21. E
Hinweis: "[...] have you ever heard of people being afraid of croissants? Believe it or not, one of these traditional French sweet breakfast rolls scared many residents of the Polish city of Krakow." (Z. 1–4)

22. A
Hinweis: "The residents were so worried that they kept their windows closed for a couple of days." (Z. 7/8)

23. B
Hinweis: "[...] a woman called the authorities to report an unidentified animal sitting in the tree." (Z. 11/12)

24. I
Hinweis: "One resident explained that the animal looked like a large brown bird [...]" (Z. 13/14)

25. G

Hinweis: "[...] they wondered if the animal could have been an unwanted pet thrown out by its owners." (Z. 16–18)

26. D

Hinweis: "[...] he was 'almost swept off his feet by a laughing attack'" (Z. 24/25)

27. F

Hinweis: "The public should continue to be careful and report any sightings of strange animals." (Z. 26/27)

III. Writing – Set I

Part 1 – AppWhats photo message – At the airport

Hinweis: Stell dir vor, du bist am Flughafen und wartest auf deinen Flug. Du hast deinem Freund Kevin ein Foto geschickt und er möchte nun mehr von deinen Ferienplänen erfahren. Lies dir Kevins Fragen genau durch und antworte dann auf Englisch. Du kannst dabei von einem Urlaub berichten, den du schon einmal gemacht hast, oder du denkst dir etwas aus. Achte jedoch darauf, dass deine Antworten zu Kevins Fragen passen. Folgendes will Kevin von dir wissen:

- *wohin du fliegst*
- *wann und warum du dich dazu entschieden hast (2 Punkte)*
- *mit wem du unterwegs bist*
- *was du dort machen willst und was du dir ansehen willst (2 Punkte)*
- *wo du übernachtest*
- *wie lange du weg bist und wann du zurückkommst (2 Punkte)*
- *ob er sich mit dir nach der Reise treffen könnte*

Lösungsvorschlag

Kevin: *Oh wow, you are at the airport. Where are you going?*
You: I'm going to Mallorca. I'm really looking forward to it!
Kevin: *Oh, I didn't know. When did you decide that and why are you going there?*
You: We decided to go there at the beginning of the year when it was really cold. I want to enjoy the sun and the beach!
Kevin: *Who's with you?*

You: My parents and my two little sisters.
Kevin: *What do you plan to do there? Which places do you want to see?*
You: I just want to relax at the beach. We'd also like to go on a bus tour to Palma de Mallorca.
Kevin: *Where are you staying?*
You: We're staying at the "Playa", a family hotel in Alcúdia.
Kevin: *How long will you stay? When will you be back?*
You: We'll stay for ten days. I'll be back next Thursday.
Kevin: *Wow, I would love to see more pictures. Do you think we can meet after your trip?*
You: Sure!

Part 2 – Writing an article – One day without electricity

Hinweis: In diesem Teil sollst du einen Artikel über einen Tag ohne Strom schreiben. Stelle dir vor, dass es in eurem Dorf vor Kurzem keinen Strom und kein Internet gab. Schreibe nun einen Artikel darüber für eure Schülerzeitung. Auf folgende Punkte sollst du eingehen:

- *Was war deine erste Reaktion?*
- *Was war schwierig?*
- *Welche Dinge haben nicht funktioniert und was hast du stattdessen benutzt?*
- *Wie hast du den Tag verbracht?*

Die volle Punktzahl bekommst du, wenn ein (fast) fehlerfreier, detailreicher und gut strukturierter Text vorliegt. Achte auch darauf, ungefähr die Vorgabe von 80 Wörtern einzuhalten – etwa acht Wörter mehr oder weniger sind jedoch in Ordnung.

Lösungsvorschlag

Last Thursday there was a power failure in my village, so my day was different than usual. It started in the morning when it was still dark. I wanted to switch on the light, but it didn't work. Oh, my goodness, I thought! I couldn't even use my mobile to have some light because the battery was low, and I couldn't recharge it, of course. Luckily, I found a good old torch! The rest of the day I took it easy and even enjoyed not being online! *(87 words)*

Writing – Set II

Part 1 – Application form for a talent show

Hinweis: Stell dir vor, du möchtest an einem Talent-Wettbewerb teilnehmen. Dafür musst du einen Anmeldebogen ausfüllen, in dem nach Folgendem gefragt wird:

- *Name, Geburtsdatum, Geschlecht, E-Mail-Adresse (insg. 1 Punkt)*
- *ausführliche Beschreibung deines Talents*
- *Ausrüstung, die zur Vorführung benötigt wird;*
  Hinweis: auch die Antwort „nothing" ist möglich
- *Persönliches (Hobbys, Familie etc.)*
- *was man sich mit dem Preisgeld kaufen würde*
- *wie lange man für den Auftritt geübt hat*
- *wie man auf den Wettbewerb aufmerksam geworden ist*
- *von welchen zwei Personen man begleitet wird*

Lösungsvorschlag

Name: Nina Müller
Date of birth: 06/04/2006
Gender: female
Email: nina.mueller@online.de

Describe your talent in detail:
I can juggle with up to ten balls.

What equipment do you need for your performance?
only ten small balls

Tell us something about yourself. (hobbies, family …)
I am 16 years old and live with my parents and two sisters in Hanover. I love sports, especially athletics and football.

What would you do if you won the 500 Euro prize?
I would buy some new juggling balls. I would donate the rest to an organisation which helps sick children.

How long did it take you to practice your performance?
I practiced for two months.

How did you find out about the contest?
I read an ad in the local newspaper.

Which two people would you like to invite?
my two sisters

Part 2 – A short story: A box on the doorstep

Hinweis: Hier ist dir der Anfang einer Geschichte vorgegeben, die du beenden sollst. Verwende dabei um die 80 Wörter. In deiner Geschichte sollte Folgendes enthalten sein:

- *Was war in dem Geschenkkarton?*
- *Von wem war er?*
- *Wie hat der Mann/der Junge sich gefühlt?*
- *Was geschah dann?*

Achte auf die Erzählperspektive („He“, 3. Person Singular) und die Zeitform („simple past“). Dein Text sollte auch gut strukturiert sein und abwechslungsreichen Wortschatz enthalten.

Lösungsvorschlag

Last night when he came home, he found a box on his doorstep. He hadn't ordered anything. He wanted to know what was inside the box, but he felt uneasy: "Would it be dangerous to open it?". He was curious, however, and removed the packaging: inside were his favourite sweets and a nice greeting card from his aunt! Suddenly, someone said "Hello, my dear. Great to see you again. I hope you like my present!" It was his aunt, who he hadn't seen for a very long time, now standing in front of him. What a wonderful surprise! *(81 words)*

Um dir die Lösungen zur Prüfung 2023 schnellstmöglich zur Verfügung stellen zu können, bringen wir sie in digitaler Form heraus.

Sobald die Original-Prüfungsaufgaben 2023 freigegeben sind, können die dazugehörigen Lösungen als PDF auf der Plattform **MyStark** heruntergeladen werden (Zugangscode vgl. Umschlaginnenseite).

Aktuelle Prüfung

www.stark-verlag.de/mystark